千里印迹

阿言 著

陕西新华出版
太白文艺出版社·西安

图书在版编目（CIP）数据

十里印迹 / 阿言著 . -- 西安：太白文艺出版社，
2022.1（2023.6 重印）

ISBN 978-7-5513-2047-4

Ⅰ . ①十… Ⅱ . ①阿… Ⅲ . ①散文集－中国－当代
Ⅳ . ① I267

中国版本图书馆 CIP 数据核字 (2021) 第 272133 号

十里印迹
SHI LI YINJI

作　　者	阿　言
责任编辑	蔡晶晶
封面设计	建明文化
出版发行	太白文艺出版社
经　　销	新华书店
印　　刷	三河市同力彩印有限公司
开　　本	880mm×1230mm 1/32
字　　数	143千字
印　　张	6.75
版　　次	2022年1月第1版
印　　次	2023年6月第2次印刷
书　　号	ISBN 978-7-5513-2047-4
定　　价	49.00元

斗鸡

儿时经典游戏
单腿独立如同
金鸡独立

辛丑阿言写

阳光小院

手工肚兜

手工鞋

手工虎头鞋

手工棉衣

补丁尼龙袜子

的确良衬衫

手工粗布

手工钱包

母亲本菩提

天下母亲都是孩子的菩提。她们存在的意义和责任是度天下所有的孩子，尽其所能让孩子生活在阳光里，自由自在、放飞自我，快乐健康、积极进取。

母亲是世界上最累的职业，不分昼夜，分秒不停地照顾孩子，直到生命的尽头。母爱是人世间最无私的爱，只管付出，不图回报。这是上天赐予母亲的情结，不管日月山河如何改变，人世间的母爱依然长存于天地。

吾母高风，一生修为，首推善心，勤俭持家，厚德载物，德助才智。母亲时常教育我们，做人贵在自立、勤俭、向善、宽容、向上。平日要多做善事，多说善言，多行善举，待人和善，常怀感恩。以此言传身教，影响着我们的思想，塑造着我们的品格，诠释着家庭教育对孩子一生的影响。儿童时期家庭文化教育对孩子的品德养成，具有重要的启蒙和熏陶作用。我感悟出一个人的品德是无法作假的，不可能像穿衣服一样，因四季的变化改变着装，或因需要进行装扮；也不可能像商品一样，经包装后变得高大上。它是渗透到一个人骨子里的东西，就像树木的环纹，经时间沉淀成年轮。同样，一个人品德的养成也需要时间的滋养和家庭的熏陶，这是逻辑法则。也可以说一个人的品德修养彰显着一个家庭的家风特质。

母亲是拥有最无私的爱的人。在贫困中，母亲乐观豁达，用女性特有的坚韧驱赶生活中的种种不如意。母亲任劳任怨，用她孱弱的肩膀担起生活的重担，日复一日，年复一年，从不停歇，终于把全家带向明媚的春天。母亲用乐观的生活态度向我们传递着什么是人生担当，用坚忍的精神扫除生活中的绊脚石，教会我们如何去应对问题，让我们明白人生只要勇往直前，即使普通人也能把日子过出耀眼的光芒来。鱼翔浅底，倦鸟归林。母亲在哪儿，家就在哪儿。家是我们每个人人生的起点。家不仅是我们身体休息的地方，更是我们心灵停靠的港湾。

和母亲在一起的日子，有苦也有甜，但每一天，都将成为我生命里不可复制的画面。那些画面已被我烙在时光的记忆里，以便在我日后的生活里，时不时回味母亲和我们一起成长的故事。

本书名为《十里印迹》。十里，是指母亲的娘家曳湖和我们家小沟村相距不远，在方圆十里之内，标定母亲生活场所的大致范围。十，有十全十美的意思，代表母亲在我们心中的地位。母亲育有五个子女，加上媳妇女婿，子女辈有十人要她操心照顾。从父辈向上三代，都是单传，到我们这辈也算开枝散叶了，这与母亲的辛劳是分不开的。到了母亲的孙子辈，孙子孙女一共十人。十年，母亲离开我们十年了，还是在家家团圆的八月十五离开的，因此"十"在我们心里意义非凡。人的一生中有几个十年？母亲几十年如一日地辛勤劳作，养育我们，侍奉老人。

母亲离开我们十年后，我决定把平日里写的有关思念母亲的散文汇集成书。这些文章主要讲述母亲以家庭伦理为核心，以勤俭持家、和睦邻里、修身养德等朴素的生活道理来教育我们的事迹。

母亲坚强、乐观、勇于面对困境的生活态度，深深地影响着我们，给了我们一种精神支撑，一种信念引领，一种力量之源。而这些，正是一个人走向社会的必备条件。回想童年时光，虽然生活清贫，但我们不缺乏爱和快乐。那是因为母亲给了我们可以无忧无虑地看一看小人书、连环画，听一听评书和秦腔，追着看露天电影，自制玩具，下田干活，看蚂蚁搬家、蛐蛐斗架等趣事的相对温润的成长环境。父亲常年在外上班，母亲就扛起家庭责任，打理家里的一切。母亲上养三位老人，下育五个孩子，看着一大家子其乐融融，累并快乐着。

长大的我们渐渐懂得了生活的艰辛，母亲的辛劳。在我们成长的过程中，挫折、困难、失败等都是生活给予我们的礼物。在母亲的引导下，这些礼物变成了老师，在生活中磨炼我们的意志，启发我们的心智，完善我们的人格。那些迷茫的、不安的、热烈的、充满憧憬的日子，都是我们与母亲在一起最闪亮的日子。

母亲吃尽世间的苦，受尽世上所有的累。您十六岁就来咱们家，与夫齐眉同甘共苦。躬身不挠上敬老人，沐阳耕作披星哺子。织布纺线含辛茹苦，栉风沐雨勤俭持家。先事稼穑岁有五十载，后享政策还家西安。送女接媳的喜庆人，化解纠纷的女包公。把爱洒给子孙后代，把一生奉献给家庭。您一生苦多快乐少，却能化腐朽为神奇。您对我们呵护有加，却让自己满身伤痛。花发不惑病魔甲子，古稀我们阴阳两隔。咱们家好日子来了，痛心您没享受一天。把人世间最无奈的，遗憾留在儿女心间。母亲、母亲，您可知道我们有多么的不舍？母亲的恩比海还深，结草衔环无以回报。母亲、母亲，我愿您是天上最亮的一颗星，鼓瑟吹笙碧池琼瑶，幸福生活快乐常伴。

母亲用青春搭起我们的生命之桥，用奉献叩响我们通向成功的大门，用勤奋写下我们幸福生活的邀请函。以母亲为中心的家庭教育，体现着一个家庭的家风，是对家庭文化的传承和发扬，是社会教育的重要组成部分，是孩子做人的第一课堂。一个家族再显赫，也不过三代而已，而好的家风却能传承上百年乃至千年，让后世子孙受益匪浅。优秀的人才，往往是德才兼备的人。

国有国法，家有家规，家是国的单元，国是家的延伸，家国一体。作为一个人的道德启蒙之地，家是让我们每个人刻骨铭心的地方。走出家门，融入社会，你将成为什么样的人，你将以怎样的胸怀承担家国责任，很大程度上取决于你从小所受的家庭文化的熏陶和教诲。当一个人走出家门，迈进校园，步入社会时，他的行为举止、待人态度、做事原则会先于他的学识才能受到人们的关注。在当下一些家长唯分数论的影响下，道德教育往往被忽视。结果是培养出考试分数很高、生活能力却很差的这种不平衡人才。一条腿能走多远？只有道德修养和文化知识学习同时提高，才能走得更远飞得更高，才能为社会分担更多的责任。我想通过这些散文，传递一个理念，让家庭教育回归正轨，为社会培养知行合一、德才兼备的优秀人才。

人生迢迢，所历之事，无论福祸，母亲教会我们皆要从容相待，熬得了平淡的流年时月，经得起岁月的相催和考验。在人生长河里，我们学会了且行且修行，积淀骨子里的坚韧果敢、宽厚仁爱的因子。淡漠悲喜，洗尽铅华。此生负母亲太多，有愧于心，却无可回首的岁月。只希望把母亲的"以德立身，从善做事"的家风传与子孙后代，才无愧于母亲的养育之恩泽。

目　录

第一辑　心雨沥沥

第三辑　心之所向

第一辑　心雨沥沥

勇敢的心

每逢佳节倍思亲。时逢国庆、中秋双节之日，我更加思念我的母亲，因中秋节也是母亲的忌日。

2006年6月，母亲心脏病又犯了，这次没在厂医院治疗，直接去了西安交通大学第二附属医院。母亲无工作、无医保，不舍得花钱，每次犯心脏病都不去大医院。母亲不到四十岁时在县医院就已被确诊为慢性风湿性心脏病，只是长久以来，为了这个家，为了照顾我们，日夜操劳，不曾好好地治疗。我们这次在西安交通大学第二附属医院带母亲做了全面检查，心脏彩超的结果让医生很吃惊。现在母亲的病情更加严重——心脏异常膨大，挤压食道，严重移位变形，二尖瓣分离。医生说母亲的心脏是一颗勇敢的心脏，已变形得不成样子，医生都觉得不可思议。医生嘱咐我们，母亲的心脏快要筋疲力尽了，在世的日子不多了，快则三个月慢则半年。回想起来，母亲吃饭经常噎着，原来是因为食道变形。胸闷气短、咳嗽，平躺则更喘，都是心脏供血不足引起的。母亲在世最后一个月整夜整夜不能平躺睡觉，只能半靠着被子打个盹，很是煎熬。

女子本弱，为母则刚。那些从未被生活打败的母亲，坚定地站在孩子身后，不但哺育子女成长，而且在困难面前更表现得无比勇敢。母亲那颗勇敢的心是被生活打造而成的，她勇往直前的理由是：你们未曾长大，我不敢生病倒下。母亲像一棵树，即使身体不适，生活再难，都会坚持一日三餐，洗洗缝缝，未曾停下，她为我们挡住风雨，却把自己拼得伤痕累累。无论如何，母亲只顾尽其所能让子女健康快乐地成长，却忽视了自己的健康。

对于母亲，我很惭愧。在我成人后没有好好照顾母亲，而是被家务和工作缠身，没能及时带母亲去医院，认认真真地做治疗。如果我能做到保护好母亲的心脏，母亲也许还会多活几年。与母亲相处的日子为时不多了，母女连心，我的心脏似乎也病了，无比难受、懊悔、自责、伤心，但这一切都晚了。我看着满头银发的母亲，面容憔悴，身体瘦弱，我的两行泪就悄悄地淌下来。树欲静而风不止，子欲养而亲不待。我想让母亲在最后的日子里，高高兴兴地过好每一天；我想放下工作，放下琐碎的家务带母亲出去走走，看看外面的世界。可是此时的母亲，坚强已被岁月的刀剑砍得所剩无几，仅剩下一丝勇敢与病魔做斗争，再无多余的力气去看这色彩斑斓的大千世界了。

在与母亲的谈心中，我知道了母亲的心脏曾受过太多的惊吓。在我们成长中，不知有多少个担惊受怕的日子伴随着母亲。

母亲心脏第一次受惊吓来自大哥。大哥五六岁玩耍时，不慎滚入门口的深沟。幸运的是，大哥是从一处比较松软的土坡滚落下去，而不是直接跌落的，所过之处并无带刺的荆棘和酸枣树，大哥只是被吓得不轻，并未受伤。但母亲却吓坏了，心慌气短，人一下子瘫软在沟口上。第二次惊吓来自三哥的一场重病。为带三哥到西安儿童医院看病，父亲还向同事借了钱，结果钱让可恶的小偷偷走了，病没看成。两人当时又急又气，加之担心三哥的病情，真是叫天天不应，叫地地不灵。母亲伤心至极，泣不成声，两人饿着肚子回到庆华厂，后来在单位工会的帮助下才给三哥看了病。

第三次是二哥高二时参军，各项指标达标只等通知，谁知有了变故，二哥受了打击，不好好上学，开始逃学。眼看高考在即，母亲很是着急。有一天二哥自己爬到我家阁楼上藏起来，家人和邻居找了一天两晚没找着，母亲一急，心脏病犯了。二哥一看事情闹大了，自己从阁楼上爬了下来。

最严重的一次打击是母亲生小弟时，经历了生死考验。母亲心脏不好，迷迷糊糊，无法照管小弟，医生建议把小弟送人，好让母亲静心养病，否则后果很严重。最后，在母亲的坚持下，加之家人也不舍，小弟才没被送人。

母亲还经历了大孙女两次走丢的失魂落魄。一次是三岁多的大孙女在老家，和邻居同样大的小女孩，两个人走着玩着走到了邻村。另一次发生在田王，五岁的大孙女从家里一个人跑到街道去找我母亲。孩子走丢时，母亲不知承受多大的压力，甚至说出孩子找不回来，自己也就不活了的狠话来。好在孩子在大家的帮助下及时被找回。听着母亲慢声细语、表情云淡风轻地讲述人生中的件件大事及遭遇，我的内心已是惊涛骇浪。母亲是用一颗勇敢的心，艰难地迈过了一个又一个坎，从青丝走到白发，心已泰然。

母亲拥有一颗勇敢的心，是被生活所迫，年轻时敢为人先。她在村子里首先对织布进行改良，浆染多色的棉线搭配来织布，一改纯白或纯蓝颜色，用花格子和竖条布做的床单，很受欢迎，四邻八村的妇女纷纷前来学习。我们家男孩子多，理发成了问题，母亲就买来手推子，当起理发师。当时小男孩留的是"茶壶盖"、嘎子头，母亲理发理得有模有样。后来她又买了缝纫机，自学裁缝。刚学会就做出四个口袋的红卫服，做口袋是比较复杂的活，新手一般不敢做，但母亲把口袋做得平整有型。农村医生资源少，母亲做妇女主任时胆大心细，又跟人学接生，当起了"接生婆"。有一次接生了一个"包袱生"，就像蚕茧一样外面有一层膜，包着孩子。看不见孩子，母亲慌了，和她一起的老太太说：这怕是生了个怪胎。正在两人束手无策、着急上火时，小孩哭了，母亲用手把膜撕开，孩子的哭声洪亮。把母子安顿好，母亲才松了口气。老话说得好，人生人吓死人。为此，母亲还到县医院请教专业医生。母亲经的事多，担的责任就大，劳心伤神。久而久之，母亲的心脏变得伤痕累累，经常带病工作。此时的母亲仍不注意休息，仍然为生活、为家庭奔波着，我们未曾长大，母亲不敢懈怠，不敢生病。即使病了，也是吃些药硬扛过去，活照干，饭照做，不曾休息一天。我很羞愧，母亲的坚强与勤劳，我不及一半。如按工作岗位来分工，母亲就是家庭工作的全能王。

在漫长的日子里，没有条件时，母亲更多的是想办法创造条件来改善我们的生活，稳住一家老小的心。母亲经历了人生的波浪，阅尽千帆的沧桑。在苦难的顶端，母亲已磨炼出了过人的胆识，所有的困难不过是沧海一粟。母亲心如海洋般宽阔，还有什么不能包容和改变呢？

　　母亲在世的最后三个月里，疼痛难忍，但为了不让我们担心，她强忍着疼痛，从不在我们面前表现出来。由于气喘，母亲晚上不能平躺睡觉，只能靠在被子上眯一会儿，很是熬人。去世前十天，她还趴在案板上切土豆丝，不去医院治疗，也许母亲知道自己时日不多，人生大幕即将合上。

　　2007年9月25日，农历八月十五，母亲永远地闭上了双眼，留给我们的只有撕心裂肺般的悲痛和万般无奈。到2017年农历八月十五，母亲离我们而去已是十年。

金色的叶子

叶子经春风的吹拂吐新发芽，经夏雨的滋润绿荫浓郁，再到被秋霜浸染成金色正装。一树一树金色的叶子点缀在山川河流、房前屋后，金黄色成为秋的主宰者，于是秋就热闹起来了。

农人秋收忙。他们忙碌的身影奔走在田间地头，把田地的秋庄稼都收到小院。最醒目的是金黄色的玉米，或以棒子辫挂在房前屋后，或以金色的颗粒晾晒于空地屋顶。放眼一望，金黄色溢满村庄，人们在金色的海洋里穿行，秋用它特有的色调把平日里朴素的小村装扮得金灿灿的。

在这个金色的季节，远走他乡的人，就会归心似箭。老家屋顶上的炊烟因游子的归来而袅袅升起，随风晃动。炊烟是一条永远扯不断的线，连接着两头的牵挂。收秋使往日寂静的小村喧嚣起来，小院里笑声阵阵，喜悦写在老人和孩子的脸上。

游人追逐江山锦绣忙。秋的繁华，在那一树一树的秋叶。扇形的银杏叶、蒲扇形的梧桐叶、两头尖尖船形的苦槐叶，还有许多不同形状的叶子，一起来演绎秋的婀娜多姿。游人如织，摩肩接踵赶去九寨沟、银杏林赏秋景。

西安市蓝田县境内的王顺山，满山的秋色也格外醉人。

王顺山原名玉山，因大孝子王顺担土葬母于此而得名，著名的蓝田玉即产于此山中。其兼有华山之险、黄山之秀的特点，因而有陕西"小黄山"的美誉。这里奇峰众多，溪水潺潺，沟谷幽静，翠竹松柏散落其间。春日里的满山杜鹃是王顺山的一大醉人景色，但是我更喜欢秋天的王顺山，那是一幅五彩缤纷的山水风景画。秋天的王顺山像打翻了染料缸，赋予花草树木变幻无穷的色彩魅力，把山涧装扮得更富有诗情画意。抬头望去，秋天的天空像海水一样湛蓝，轻盈的白云飘过山头，上天与大地是互相通灵的，把最为普通的树叶植被幻化成人间仙境。秋天的叶子不再是花儿的衬托，充当花儿的配角，秋天是叶子主宰自己命运的季节。亿万片叶子尽情地释放生命的绚烂，极致地展现自己的美丽，汇聚成别样的风景点亮山川，让人叹服它的神奇魅力。周末扶老携幼去爬山，呼吸新鲜空气，听一听悦耳鸟鸣，置身大山忘却所有烦恼，心旷神怡乐逍遥。借用自然的力量，感悟人生的风雨，抖落一地的鸡毛，从新整装再奋发。

秋叶站在高高的枝头，经风吹日晒雨淋终于完成金色的梦想，然后再从灿烂的枝头落下。飘落的片片叶子在空中像风筝一样飞着，像蝴蝶一样舞着，像小鸟一样扑棱着。以此谢场，在最美的时候收官，叶落归根，叠加、沉淀、孕育来年的精彩。

落叶给人以无尽的遐思。王顺山的秋韵，让我想起自己的母亲。母亲劳碌的脚步从未曾停下，我被琐碎的事情羁绊，未曾带着母亲看一看山川之美，让她能多些快乐少些烦忧。我深知自己亏欠母亲太多太多，总想着日子还很长，谁知在某一天母亲突然离开，今生已无机会再孝敬母亲了，这是我心中永远的痛。我的母亲也是在金色的秋天没来得及看一眼弥漫着丰收气息的村子，就永远地闭上了双眼。母亲走了，我没了依靠，一下子感觉空落落的，伤心、难过、懊悔充斥心房。

看着落叶，我仿佛看到春日里母亲带着我在田间锄草劳作，不谙世事的我只顾着采花抓蝶，看着地上吃草的羊像极了天上飘动的云，不曾看见母亲额头的细汗；我仿佛看见夏日夜晚，梧桐树下母亲纺线车的嗡嗡声和着蝉鸣；我仿佛看到秋忙时节，刚从田地回来的母亲拖着已很疲惫的身躯给我们烤玉米；我仿佛看见母亲坐下来休息时，还要动手把红红的辣椒用绳子穿起来挂在屋檐下。

曾几何时，我与老家渐行渐远，一年没回过几趟，我想母亲的心里是念着老家的，因为在那儿留下了母亲和我们最快乐的时光。母亲养育我们不知费了多少心血，艰辛的日子母亲用善良、坚强、勤劳扛下生活的重担，让我们在她的照顾下健康成长。现在我们长大了，有能力照顾好母亲，母亲却无福享受。我无力挽留母亲的生命，只能泪流满面地送母亲回老家。母亲像极了叶子，在最美丽的时候缓缓飘落，叶落归根，却把我的思念挂在枝头。

从此，每年叶子金黄的时候，我们几个子女相约回老家，看望在金色叶子里沉睡的母亲。我深切领悟到，在这个世上能留住人的是平安健康，能带走人的是灾祸病痛。岁月无法倒流，母亲若能再健康地多活五年该多好！如果可以的话，母亲，我会带你去西安以外的地方看看，让劳碌了一辈子的你感受生活的多彩多姿，让心飞扬，也许心就不会那么累。我会用笔记录下你的每一个笑容和你助人为乐的善行、礼让三分的胸怀。我要把这一切美好牢记心里，照亮我前行的路。

母亲的坟前有一棵柳树，那金色的片片落叶是我写给母亲的一封封书信。

送给母亲的花

八年了，每年的母亲节，我都会送花给母亲，以此来表达我对母亲的思念和内疚。用花来传递我对母亲的敬重和爱戴；用花来感恩母亲对我的养育和教诲；用花来诉说我对母亲无限的思念。想念母亲的音容笑貌，回忆与母亲在一起的件件往事。

儿时我眼中的母亲和蔼可亲、开朗乐观。每次下地干活，集体劳动的田间地头总会有一群孩子被父母带着，大人干活，小孩玩耍。春天是小孩最喜欢的季节，春暖花开，风和日丽，鸟语花香。小孩有捉蝴蝶的、摘野花的、编花环的。我喜欢采摘野花，淡黄的野刺玫、浅粉的喇叭花、金黄的蒲公英、紫色的苍耳，还有许多叫不上名的花，被我采到一大捧。大人收工，会要求孩子丢下手中的战利品，拍打身上的土回家。而母亲则允许我把花带回家，还会找一个罐头瓶接些水把花插起来，摆放在家里最显眼的位置。这一捧花使简陋的家亮丽起来，大自然的色彩使屋子里充满春的气息。家里有花的日子，母亲脸上洋溢着笑容，干什么活都心情愉快，自然我们这些调皮的孩子就少挨训了。

少年时眼中的母亲辛苦劳作，勤俭持家。由于我们家孩子多，日子过得紧巴巴的，缺吃少穿，母亲精打细算，把每件事情都计划周全，物尽其用。为了让我们家日子过得好一些，母亲白天下地干活，晚上纺线织布做衣服。修改衣服是母亲练就的绝活，大人的衣服改给小孩，并在改好的衣服上绣花，看起来和新的一样。我为拥有一件新衣服能高兴好几天，因为衣服上有母亲绣的花，别的小朋友没有。

母亲在困境中总能保持乐观的心态，用智慧创造快乐，克服困难，改善生活；用勤劳和智慧为我们营造了一个相对舒适的生活和成长环境，也教会了我们积极上进，自强不息，认真做事有担当，勤俭持家过日子。

结婚后的我更是为工作和孩子忙得不可开交，和母亲待在一起的时间少了，但母亲对我的牵挂却更多了。她担心初为人母的我照顾不好孩子，所有我想不到的母亲全想到了。随着孩子慢慢地长大，母亲也一天天苍老了，头发更白了，身子也越来越虚弱了。母亲生病的日子我正忙着整理单位材料，配合总厂编写厂史，没能好好陪陪她，想着打打针就好了，谁知最后却是天人永隔，子欲养而亲不待。每每想到这些，我都会泪流满面，那是内疚的泪、自责的泪、遗憾的泪。想想当我心情失落忧伤时，母亲开导我拂去忧伤；当我逢喜事欢乐时，母亲为我高兴叫好；当我遇到挫折失去信心时，母亲给我鼓励和勇气。而母亲需要照顾时，我却没有陪伴在她身边，没能为她分忧解难和分担她的痛苦。因为厨艺太差，我也几乎没能为母亲做一顿可口的饭菜。我恨自己这双拙手做不出可口的饭菜，也写不出对母亲的那份深情，只能用花来诠释我对母亲的爱。母亲喜欢花，喜欢一切美好的事物，我现在能做的就是让花传递我对母亲的问候，向母亲汇报我的工作和生活一切都好，让她不要挂念，希望母亲在另一个世界里为自己潇潇洒洒地活一回。

爱如夏花

母亲喜欢花，在田间劳作时带回一把春之花，插在罐头瓶里，简陋的屋子立刻被装扮得漂亮了。母亲说女人是花，瓣瓣娇艳，瓣瓣都是为孩子为家庭而吐艳。我觉得母爱像极了夏日之花，怒放盛开，但它不是盛开一夏，而是开满一生。

在农业合作社时，母亲上养三位老人，下育五个孩子，日子过得很艰苦，我看到了母亲的坚忍与辛劳。当时是凭在生产队劳动挣工分分口粮，我家只有爷爷和母亲两个劳动力，我们还小。母亲白天挣工分，晚上做家务，在灯下给我们几个缝缝补补，睡得晚起得早。印象中，我每天睁开眼睛，母亲已经在忙碌了。我想，母亲是为了让我们生活得好一些才不辞辛苦地劳作。

能者多劳这个词语在我母亲身上得到了最好的诠释。母亲手巧，哪家媳妇不会做孩子的棉衣和花鞋，母亲就会帮她裁剪，教她怎么做。家里有了缝纫机后，她更是忙得不可开交，给东邻缝个床单，给西邻缝个裤子，做得最拿手的红卫服，一到冬天就开始排队。母亲乐于助人，这些活都是在农闲时做，不收一分报酬。找母亲做活的人都看中母亲会裁衣服的本事，拿上线就行了，要是到裁缝店一身要花两三元钱呢。母亲摇身一变，成了村里最受欢迎的"裁缝"。在我看

15

来，母亲太累了，母亲却说：看到自己亲手做的衣服穿到邻家小孩身上是那么合适，她会很有成就感，满心都是欢喜，也就忘了累是啥滋味。母亲助人为乐，与邻居和睦相处的处世之道，是累并快乐的，赠人玫瑰，手留余香。

村子里许多小媳妇崇拜母亲擀面的手艺。那面擀得薄厚均匀，那面劈得就像用尺子量的一样。小时候每当看到母亲劈面就像看到魔术表演一样，惊叹母亲手艺了得。那个时期，在陕西关中流传着一个选媳妇的标准，就是从面擀得好坏来评判媳妇能干不能干。在缺吃少穿的日子，野菜被母亲烹饪得很好吃。每当看到我们放学或疯玩回来，狼吞虎咽地争抢着吃饭，吃食不一会儿便被我们扫荡得碗净碟空，母亲的脸上便会露出欣慰的笑容。那时也不理解母亲为什么不和我们一起吃饭，后来才明白母亲想把最好的东西先给我们吃，我们吃饱了母亲才吃。我们参加工作后，母亲的时间相对宽裕些，她会变着花样做饭，每天不重样，卤面、煎饼、鱼鱼、臊子面等，每顿饭都很合我们的胃口。母亲还是像我们小时候一样细心地照顾我们，从不顾及自己是否辛苦劳累。即使我工作累了或不顺心，只要吃着母亲做的饭菜再听母亲说些鼓励的话语，所有烦恼也就如同饭菜吞到肚子里消化掉了。

长期的劳作累垮了母亲的身体，不到花甲之年，便病魔缠身。母亲的病主要是心脏方面的，怕我们担心，她总是表现得很坚强。其实她很痛苦，心脏膨大、呼吸不畅、胸闷气短折磨着她，以至于不能平躺好好睡觉。大冬天她的背疼出一身汗都不呻吟，怕给儿女添麻烦。因为心疼母亲，我不知道悄悄流了多少泪。天使都去哪儿了？母亲一生操劳，现在我家日子好了，却不能让她好好地安享晚年，享受她一手创造出来的幸福，给儿孙回报她、孝敬她的机会。时间都去哪儿了？如果能再给母亲几年健康的时间，我要带着母亲去看看不一样的山水人文，看看外面的精彩世界，让她的人生多一些色彩。

回首母亲坎坷的一生，无论日子再难，但她对我们的爱都如璀璨的夏日之花，一路走来一路盛开，不骄不败持久而悠长，直到她生命的尽头，直到去了另一个世界。现在每当回想起和母亲在一起的点点滴滴，心里就有一股暖流涌动着。时间的长河奔涌向前，一去不返永不等人，但有些人有些事直至生命的尽头都是年轻的温暖的有力量的，我想那就是母爱，永不过时的永远闪亮的永远炙热的永远深沉的母爱。

灯

　　书籍是智慧的指路明灯，灯塔是夜航人的指引明灯，路灯是夜归人的照路明灯，灯在人们心中是美好光明的象征。爱迪生发明灯泡给人类带来光明，但灯泡从实验室走进中国千家万户却用了一百多年。20世纪六七十年代，中国农村广袤的大地上都是用煤油灯照亮。那橘黄色的灯光照亮我的童年，温暖我的心灵，让我沐浴在母爱和幸福之中。

　　那个年代，点灯用的煤油是紧俏货，只能凭票购买，每天夜幕降临能按时点上灯都是奢侈。那时生活困难，大人们积极地去面对、去克服，连小孩都懂得生活的不易，在困境中创造属于自己的小幸福。像制作煤油灯这种小事，小孩子自己就能完成。煤油灯大多就地取材，废物利用。先找一个玻璃瓶或瓷质的容器，再做一个铝材料的盖子，用棉线做灯捻子，倒上煤油，一盏灯就成了。这盏灯是一个听话的战士，是长了脚的月亮，是黑暗里的眼睛，哪里需要它就在哪里出现。冬天的早读课，同学自带煤油灯。当晨雾缭绕时，教室里已传来琅琅的读书声。古有匡衡凿壁借光，古今同理，学堂之上借光。皆因家里孩子多灯少，如果人手一盏灯，那是家里一笔不小的开支，就是有钱也未必有油票指标，政策不允许谁多拿多占。灯被家里孩子轮流带着上学，谁哪天没带灯只能借同学的灯光晨读。小小困难阻挡不了一双双渴求知识的眼睛。

还有一种高级的煤油灯叫马灯。1976年唐山和四川松潘地震，陕西震感强烈，关中地区的碾麦场上搭满防震棚，每户棚里都挂有一盏马灯。它漂亮的外形深深地吸引了我。一个圆形玻璃罩罩住了火使灯显得更亮，在户外也不怕风吹灭，能挂能提能调灯捻子的明暗。马灯是生产队给村子每户家庭统一发的，我当时想：不就是煤油灯吗，为什么叫马灯？母亲是这样给我解释的：马灯在户外人能提着它到处走动，照明很是方便，灯就像马儿牵着人走，叫马灯很形象。就是这盏马灯在地震后陪着我们惶恐的一家人度过不眠夜，在连日的雨夜里安抚我们惶惶不安的心，在百无聊赖什么都干不成的防震棚里听母亲给我们讲故事。此时的母亲如地震棚中的那盏马灯，点燃我们的心灯。

记得村子分田到户一年后，村里用上了电灯，灯绳一拉家里亮得跟白天似的，让村子里的老少激动了好几天。一百年后爱迪生的愿望在中国老百姓的身上普遍实现了。

关于灯，在陕西关中还有些有趣的年俗和讲究，最主要的一是送灯笼，二是挑灯笼。这是老辈流传下来的规矩。

送灯笼，是送给一对新人的祝福。新婚第一年由女方娘家的兄弟在正月初二或初三送到女子婆家。灯要挑选做工精良、外观漂亮，写有吉祥如意、花开富贵、恭喜发财、好运连连等四字祝福语的大红灯笼。还要用一根青竹子挑着，才是完美搭配，这叫送喜灯，蕴含着美好的寓意和祝福。竹子是四季常青的植物，寄寓两个人的爱情长青，互敬互爱，白头偕老。灯寓意照亮以后的人生道路，日子会越过越红火。挑着去，说明结婚了两个人成家立业不再是孩子了，肩上就有了担子和责任，要齐心协力经营好家庭。

挑灯笼，是关中地区传统习俗，小孩子挑的灯笼是舅舅正月初送的，以示来年"照旧（舅）"，茁壮成长。一般要送到孩子满十二周岁，即十二属相一轮，最后一年叫完灯。完灯有小讲究，这一年舅舅要给外甥买身衣服，杀个公鸡，主家摆上酒菜庆祝一下，孩子的童年就过完了，步入少年期。

20世纪七八十年代，正月里挑灯笼是那个年代小孩的童趣。过年时，天刚擦黑，我便迫不及待地挑上母亲点的灯笼，呼朋唤友地走在村子的小道上。小伙伴们三五成群，红红的灯笼瞬间使寂静的村巷亮堂和热闹起来，嬉笑声歌谣声给恬静的村庄注入了活力，弥漫着浓浓的年味。灯笼一会儿是一条火龙，一会儿是一朵盛开的梅花，一会儿是花环套花环，一会儿又是一个造型，小伙伴随意组合配合默契，图形变化无穷，他们乐在其中。嬉笑中伴着童谣唱道："年习俗有讲究，正月里挑灯笼。火葫芦舅送的，烛光摇唱童谣。月十四灯正明，月十五闹元宵，月十六碰坏灯，来年舅舅再送。来来来，碰碰碰，火烧灯日子红。"

童年的诸多回忆如同陈年老酒，那醇香的味道扑面而来，未曾饮酒人已自醉。我沉浸在回忆中，在摇曳的烛光里我看到母亲忙碌的身影，想到母亲常常从年头忙到年尾。我每天晚上睡意蒙眬的眼里映着无数个劳作的母亲，纺线的母亲，织布的母亲，对着灯光穿针的母亲。我很奇怪母亲为什么这么忙碌，直到我学习了《慈母吟》这首诗，才懂得了母亲对儿女的那份牵挂，那份养育的艰辛，那份母爱的深沉。母亲如灯，陪伴我们长大；母亲如灯，温暖我们的家；母亲如灯，点亮我们的人生。

我想我们每个人心中都有一盏灯，照亮自己，温暖他人。

心雨

一次，我去给儿子开家长会，在校门口看到了一个小女生在东张西望，那时候天正飘着小雨。进校门后听到小女孩说："怎么才来呀，同学都走得差不多了，我都急死了。"原来是她妈妈骑着电动车接她放学。我在雨中停住了脚步，思绪一下飞回到上学时母亲给我送雨伞的情景。

我上初二那年的夏天，下午放学下起大雨，眼看着同学先后被家人接走了，我们路远的几个聚在一起很着急。天色越来越暗，我们准备淋雨回去，刚跑进雨中，我听到有人喊我的名字，仔细听是母亲的声音。母亲和村子里一位婶子来了，两人手里拿着雨布和雨帽在教室外找人，母亲打着我家唯一的一把黄油布伞。我心里一阵激动，眼泪一下子涌出来了，这是母亲第一次给我送雨具接我放学，是让我珍惜一辈子的雨中温情。以前我跟三哥一起放学回家，现在三哥升高中到更远的地方读书，母亲担心我在这样的天气回不了家，便赶来接我。那时候家里兄妹多，父母放羊式养娃，家里大孩子带着小的，学习或玩或干家务。要是哪个孩子能让父母特别关爱一下，那是一件特别开心的事情。

但是有些雨令人烦恼。"田家少闲月，五月人倍忙。夜来南风起，小麦覆垄黄。"三夏农忙，争分夺秒抢收麦子，龙口夺食，就怕老天爷不配合变脸要下雨，如果不及时把麦子收割回来，风一摇雨一打，麦粒就会撒在地里。为了赶在雨来临之前从地里把成熟的麦子抢收回来，家家户户晚上摸黑，劳作在田间地头。庄稼人和时间赛跑！我家最担心着急的是母亲，因家里没壮劳力，农忙时节无闲人，连我们这些孩子也上阵，跟在大人后面捆绑麦子，大哥二哥用独轮小推车运送到麦场。这是人和雨之间进行的一场较量。

有时雨会捉弄人。天空蔚蓝，太阳高照，晒麦场上，晒满了新收的麦粒，看麦场的大人或小孩在大树下乘凉闲聊。两点多钟，天空起了云朵。一位爷爷说："这天不对，怕是要下雨。"小孩子不相信，在爷爷的坚持下才把家人叫来收麦子。紧赶慢赶，雨已经等不及了，太阳还挂在天上，豆大的雨点已砸了下来。这下可急坏了母亲，她领着我们几个手忙脚乱地收麦子，还好有邻居帮忙，我们才赶着把麦子收完盖好，一家人终于松了口气，大伙儿脸上带着喜悦和安慰回家。一阵急雨过后，太阳又露出笑脸，天空挂着美丽的彩虹，地面上的雨水还在流淌着，空气中散发着泥土的味道，树叶被雨水冲洗得又亮又绿，鸟儿跃上枝头欢叫。刚才忙碌的人们还不曾缓过神来，一切又恢复了平静。看着有些疲惫的母亲，我想母亲的确不易，父亲不在家，爷爷年纪大了，孩子又多，家里什么事都得她操心。幸好我们兄妹几个还算懂事，平日里不上学就帮母亲干些家务活，打理庄稼。雨，让我知道世事无常，让我懂得生活琐碎，人生充满艰辛和挑战，要用积极乐观的态度去面对。这是一场让我心灵成长的雨。

有些雨受人欢迎，比如久旱之后的一场及时雨。田野里无精打采低着头的秧苗有了雨水的滋润，喝饱之后一根根精神抖擞，容光焕发，像是在等待主人的检阅。菜地里的豆角、黄瓜、茄子一个个有模有样地鲜活起来，水汪汪的，着实可爱。母亲说："农作物生长的几个关键期，要是能下几场及时雨，就预示有个好收成，咱们的日子就会好过些。这样的雨也是人们心中祈祷的雨。"

以前的雨总能和许多人、许多事、许多情景联系在一起，回想起来让人感觉温馨，也多了几分感慨和丝丝留恋。自从我参加工作、成家生子后，对雨的感受似乎缺少灵感。在成长的道路上，每当困难横在前面，母亲鼓励的话语便是洒向我心灵深处的一场场及时雨，让我顿悟，给我勇气，使我走出阴霾，继续前行。

婚日

陕西关中地区的人们都习惯把未出嫁的女儿叫姑娘，为姑娘选婿好坏是关系姑娘后半生能否生活幸福的大事，母亲一定要亲自把关。在古代，女子的社会地位低微，自己的幸福无力主宰。无论你是皇室公主，还是一介布衣女儿，婚姻都是父母之命，媒妁之言，身为当事人没有主事权。或政治联姻或商贾联姻或攀附联姻，从不顾及女子的感受。自民国始，倡导女权，反对包办婚姻，女子才稍有些自由可言。如今，虽然是自由恋爱，但父母的意见依然很重要，皆因长辈有一双阅尽世间沧桑的慧眼，来为你的婚姻把脉，甄别，筛选。你满意且父母相中的乘龙快婿，才称得上是一桩相对和谐幸福的婚姻。毕竟，结婚不单单是两个人的事，更是两个家庭的大事。我的老公就是我感觉可以交往，带回家让母亲把关点头同意的，母亲多了一个儿子，也享受到来自这个儿子的关怀和陪伴。母亲选婿的标准是不管家世背景是否强大，学识是否渊博，只要人品德行好就行。无论是做官做事都得先做人，人的品行端正才能脚踏实地、有所作为。

自我谈对象起，母亲就着手给我准备嫁妆，说早准备用时不慌张。嫁妆名目繁多，准备起来耗时耗力，尤其是喜被的缝制更是讲究。要选好日子，好天气，邀请三位不同姓氏的老妇人前来飞针走线。所邀之人要家庭和睦子女孝顺，要自带祥和气息，出自她们之手的针针线线也被赋予吉祥和瑞气。

等男方提了亲，纳了彩，择了日，双方领了证，就等着婚日那天摆酒席招待亲朋好友，接受大家的祝福和见证。关中嫁女当日，也颇有讲究。压箱钱也叫压岁钱，拿口粮即提馄饨盒，梳头盘头妆，谁放压岁钱，谁提盒子，谁执梳子都有讲究。这一系列的做法寄予娘家人对姑娘的爱，希望姑娘从此在婆家生活得美满幸福。男方迎娶时要带上四样礼，离娘肉、喜莲、烟和酒。四样礼最讲究喜莲和离娘肉。喜莲是两根并生莲，盘根错节，节节生枝，枝再生枝，红绳捆绑。寓意喜结连理，接连生子。离娘肉又叫心头肉。女孩出生大约五六斤，好事成双选六，也有六六大顺寓意。如今迎娶人家姑娘，那是丈母娘身上掉下来的心头肉，你要还丈母娘的心头肉。你高兴得合不拢嘴，丈母娘却伤心了，辛辛苦苦养大的小棉袄成了别人家的人，你必须拿离娘肉，一块连皮带骨的五花肉来安慰丈母娘的心。在娘家，新娘新郎要吃荷包蛋，有的地方是一碗汤面。在新郎的碗里要放猛料，酸甜苦辣麻一碗烩，新郎要吃得一滴不剩，啥味，只有新郎知道。说是考验新郎能不能吃苦和受委屈，有没有顾全大局的度量和胆识。

当日我也是被人牵着走的，让干什么就干什么。在挤门闹腾时，我看了一眼满头银发的母亲，她脸上被岁月雕刻的皱纹也是笑着的，正在笑迎亲朋好友。我的眼睛湿润了。在老公改口叫妈时，我看到母亲眼圈红红的。在全家人合影后我要走的那一瞬间，我看见母亲眼含泪光。我忍住眼泪，我要高高兴兴地出嫁，不能让母亲再牵挂。人常说母女连心，母亲此刻的心情和我一样，既高兴又惆怅。从此我们就不能朝夕相伴了，我要离开母亲的羽翼面对新生活的挑战，而母亲少了我这个小助手，生活也会少些乐趣。临行时母亲没说什么嘱咐的话，只是站立在阳台上默默地目送着迎亲车队离开。此刻无须多言，父母把他们浓浓的爱已化成我的嫁妆随我同行。

我结婚是在 20 世纪 90 年代，时逢家电正贵，母亲尽自己所能把最好的给予我。当时我月工资不足 280 元，一台海尔冰箱 3800 元，一台海尔洗衣机 2200 元左右，两大件是我两年的工资。一条母亲自己不舍得用的全毛榆林毛毯，估计我一个月的工资都买不到，被子面料都是上好的杭州缎子面。这些不会言语的物件，都是母亲派来的天使，带着母亲的爱来与我做伴，是来帮我打理生活的帮手。

回门那天，母亲对我说，这婚礼过后还有三关要过：一是与丈夫的磨合，二是公婆的认可，三是妯娌姑子的相处。这都要用心把握好其中的分寸。母亲说：女人是花，自结婚日起就要把自己分成好几瓣，一瓣女儿心，一瓣妻子心，一瓣为娘心，一瓣事业心，一瓣公婆心，就是没有一瓣是留给自己呀。当时一知半解，经岁月洗礼后，我才悟出其理。

婚日使我懂得我生命中所要承担的责任，这一日是我人生的新起点，这一日我购买了向婚姻幸福出发的船票，这一日我领悟了母爱的延续。

婚日后我过起自己的生活，带孩子，做家务，上班，生活很充实，忙得不可开交。与母亲相聚只能在节假日，带着老公孩子回娘家，短短几小时相聚，陪母亲下跳棋的时间寥寥无几，有"小捣蛋"就不宜下跳棋了。可母亲常常惦记着我，做了菜盒、卤面、煎饼等好吃的，就会让父亲在我下班的路上等我，每一次对我来说都是惊喜。当时联系不像现在这么方便，我常常随着下班人流骑车而过，错过父亲等我的地点，父亲就会在后面追着喊着，生怕我听不见，完不成母亲交代的任务，怕我吃不上母亲做的饭菜。

慈母手中线

时光静好，岁月无声，匆匆数载，人已中年，多少往事恍若久远，却历历在目。忆起儿时和母亲一起生活的村庄，多少往事萦绕心头。有些事，也许用一生的时间也不曾找到答案；有些事，也许随着年龄的增长在某一时刻豁然开朗。儿时眼中的母亲总是忙碌着，刚放下锄头，又拿起线头，让我很不解，母亲为什么没时间休息一下呢？

20世纪50年代到80年代末这段光阴里，我家的日子平淡而朴素，粗茶淡饭，农家陋舍，母慈子孝，一家人其乐融融。手工制作解决了生活的所需品，家里孩子也都是穿着手工做的布鞋和衣服长大。我父亲是三代单传，少年时就没了母亲。母亲的手工活无婆婆和小姑子分担，家里孩子又多，母亲常被针线活所累。四季的更替，身体的变化，驱赶着母亲刚缝完棉衣又做薄衫，刚做了棉鞋又做单鞋，忙得母亲四季不离手地缝制衣服。

最累的针线活是做鞋，工艺繁多，是技巧与力量的配合。先要打褙子。这是一项变废为宝的活，把旧衣服洗净裁块，拣一晴好天气，把布一层一层地黏在一起，薄厚根据需要自己决定，晒干备用。母亲有三本大书，里面夹满鞋样子，那可是母亲的宝贝。鞋的样子大到44码的大脚，小到蹒跚学步的小脚丫都有；款式有小儿学步的虎头鞋、兔兔鞋、小猪鞋，女式的单带双带鞋、八眼鞋、松紧鞋，男式的圆口鞋、方口鞋。做鞋第二步是使用鞋样裁剪鞋底和鞋面，母亲每次裁好多双，码得整整齐齐的放在箱柜上，用一块布盖着。在生产劳动的间隙，在下雨下雪的日子，在夜晚昏黄的油灯下，母亲不辞辛劳地舞动着针线。母亲的手上常年有伤，行凶者便是母亲不离手的针和线。到了冬天手上的小裂口钻心地疼，我深有体会，可母亲还要争分夺秒地摆弄着针线活，想赶在农闲时节多做些。我似乎理解了母亲因我们的成长整日辛劳，我非常心疼母亲。

记忆深处，我家的小院冬日里热闹非凡。坐北朝南的厦房廊檐下，灿烂的阳光照在身上，暖暖的，很惬意。婶婶们很自觉地一字排开坐下，手里捧着不同的活，晒着太阳，聊天说笑，一双双巧手如蝴蝶般上下翻飞，活一针不落。记忆中，生产队开会，妇女们一刻也不闲着，一边干着针线活一边听政策。村主任打趣地说："我讲话得提高嗓门，有妇女姐妹用纳鞋底拉绳子的声音给我伴奏，显得我声音洪亮震耳有气魄咧。"

我明白母亲的辛苦，也常思一针一线来之不易。家里事无巨细，母亲都要亲力亲为，我想成为母亲的小助手，为母亲分担一些活。母亲纺线我学会了搓棉花捻子，母亲做衣服我学会了做盘扣和钉扣子，母亲置办年货我学会了剪窗花，尤其跟着母亲办年货能学到很多东西。

母亲是个要强的人，爱整洁爱干净。为了让我们几个在人前衣着干净整洁得体，母亲不知熬了多少个夜，手上旧伤未愈又添新伤。但我们的小手被母亲保护得好好的，不曾冻伤，比起别人家孩子冻得红肿的"蛋糕"手，我们是幸福的。感谢上天让我拥有一位勤劳智慧的母亲。

2017年10月，我结婚时的褥子用了快二十年了，想把棉花弹一弹。在拆的过程中我发现，母亲用纱布包了棉花还牵引了十三行，以固定棉花絮的均匀和耐磨性。其间有几次想弹花，皆因棉花平整均匀而未动手，今天拆开，我的双眼噙满泪水。一般被子引五行，褥子七行，可母亲在褥子的暗里引了十三行，以增加耐用性。母亲为我置办的嫁妆已展现了母爱的厚度，不承想在褥子的深处，母亲同样絮进满满十三行的爱。这是在母亲谢世十年后我才发现的秘密。穿越岁月时光，母爱依然闪闪发光，爱的味道更加浓烈。

"慈母手中线，游子身上衣。临行密密缝，意恐迟迟归。谁言寸草心，报得三春晖。"一首《游子吟》字字道出了母亲对子女的牵挂，讴歌了母爱的伟大。母爱的伟大蕴藏在每日的一汤一饭一针一线中，从未因自己心情的好坏而中断，从未因岁月的流逝而改变。在母爱面前，任何文字的表达都显得苍白无力，都表达不出母爱的厚度和广度。我们给予父母的爱如溪水，父母给予我们的爱如海洋。子女只能用心深切地体会和感受，再回报给父母，哪怕不及母爱的万分之一，孩子的孝心都能让父母感动不已。

孩子在母亲眼里，像是天上的风筝，无论飞得多高多远，那风筝的线时刻被母亲牢牢地攥在手里。线的一头是忙于打拼的孩子，另一头是默默牵挂孩子的母亲。即使孩子离开母亲，不在身边，而她的爱时时刻刻伴在其左右，只是我们忙于生活，感知力变弱。忽然有那么一天那么一刻感知到母爱的抚慰，才明白原来母爱一直在我们身边，从我们降生的那一刻起，从未离开。虽然再也吃不到母亲亲手擀的面，穿不上母亲亲手做的衣，听不到母亲的絮叨声，但母亲在我心里就是一座高山，激励的话语让我战胜生活中的困难；被褥里絮进的十三行母爱，诠释了母爱如一颗星，永远照耀我。母亲去了遥远的地方，她使用过的东西却依然陪伴着我们，睹物思人，满满的爱的味道。这就是母爱的博大，母爱的深邃，母爱的温存。即使几年过去了，几十年过去了，母爱仍与日月同辉，如空气般紧紧地围绕着我们。

读书

这个拥有几千年悠久历史的文明国度，改革开放以前，无论怎样改朝换代，老百姓一直都在为居有定所、食能果腹而努力地奔走着，衣食无忧的只是少数人。

母亲生于 1939 年 6 月 16 日，排行老四，上有哥哥和姐姐，下有弟弟。家里有几间大瓦房，几十亩地和桃园，雇有伙计，在当时那个年代也算得上富裕人家。可惜外公不争气，染上了吸大烟，今天卖几亩地，明天卖几棵树，折腾来折腾去，就剩下几间大瓦房，几乎成了无产阶级。

几千年的封建制度，统治者对老百姓愚化管理以巩固帝位，尤其对女性的禁锢，使女子无社会地位可言。到民国时期，虽然剪了男人辫子，但还是不大提倡女子读书的，只是有些大户人家把女儿送去读书。母亲也和外公斗争要读书。母亲虽然不知道为中华崛起而读书，为解放妇女而读书，为改变命运而读书，但她从小爱看戏，很崇拜戏中的穆桂英，能写字、知兵法，能文能武，女中豪杰。母亲对知识有强烈的渴求，她不再彷徨，不再犹豫，不再害怕，向外公发出了要上学的呐喊。外公招架不住母亲的软磨硬缠，实在烦了，就答应了。母亲对命运的抗争，经过努力取得初步成功。

上学第一天，母亲留着三齐头，穿着大襟花上衣、绿裤子，背着手缝书包，心里像揣着一只活蹦乱跳的小鹿，那高兴劲跟捡了金元宝似的。母亲很珍惜这来之不易的学习机会，认真听课，用心学习，把字写得很工整。放学后，她又把学到的知识教给我的大舅妈，大舅妈是大舅的童养媳。她七八岁就来到外公家，和母亲差不多大，是同母亲一起长大的。因此母亲读书又添了一份认真，以便回家当好小老师。可好景不长，读到初小毕业，外公就染上恶习，哪里还管母亲的前途，坚决不让母亲继续读书。多少年以后，母亲回忆当时的学习，自豪地说："无论什么时候，人学点知识总是有用的。"知识改变命运。在母亲以后的人生经历中，就是这点启蒙知识为母亲解决了生活中的许多难题，也塑造了母亲坚强、乐观、向上的性格。

父母亲那辈婚姻大事都是父母之命，媒妁之言，结婚当天才能见到"执子之手，与子偕老"的伴侣，童养媳例外。那时的女孩子被一种力量推着往前走，自然而然地被推到一个该去的方向，由不得自己拿主意。双方在婚姻中最终都向责任妥协，向长辈妥协，向世俗认命来维持婚姻，在一辈子相濡以沫中成就了先结婚后恋爱的婚姻。母亲九岁那年就和父亲定了娃娃亲。可巧，父亲和母亲在同一个学校上初小，相比之下母亲比一些女孩子要幸运多了，不用等到结婚那天，就提前见了要与自己携手共度一生的人，这大概就是读书带来的好运。

母亲在娘家是外婆的好帮手，虽然很淘气，像男孩子一样爬墙上树摘桃子，常常惹外婆生气，但是干活好，又让外婆高兴不已。母亲十二岁会女红，十三岁能纺线，十四岁能织布，十五岁能做菜迎客，各种家务活，母亲都干得井井有条，让外婆满意。主要还是因为读过书的原因。这为母亲以后来我家过日子，能独当一面奠定了良好的基础。

母亲学到的仅有的启蒙知识，开拓了母亲的思想和眼界。相比之下，她的人生比她的同龄人精彩多了。20世纪90年代，母亲来到大城市后喜欢上了看报纸。夏夜乘凉时，她就把自己的见闻讲给大伙听，常常引得老姐妹们以嫉妒的口气说："这老太婆还是个女诸葛，能掐会算的。"母亲在世时，夏夜的单元门口热闹非凡，常常聚集着一群老太太，摇扇纳凉分享见闻。其中，有一位阿姨是老师，很是风趣幽默，她和母亲是这群人的快乐源泉。听听阿姨和我那小侄女的对话，一准让你开怀大笑。"小女子你有几个爸？""我有四个爸。""哦，是叉把锨把扫把拖把。"侄女急了："不对不对，是一爸二爸三爸四爸。"大伙听罢，都开心地笑了。

当兵

军人在人们心中的地位都是崇高的，是值得尊敬的、可亲可爱的英雄。他们肩上担负着保卫国家安全的责任和人民幸福生活的神圣使命，吸引着有为青年到军人的阵营里，想有一番作为。当然，想成为军人，需经严格的审查。

在 20 世纪七八十年代，农村的孩子想要走出农村，出路只有两条，当兵或考学。无论如何，母亲都坚持让我们几个人读书，直到高中毕业。我们村子有在部队干得好，留在部队吃国家俸禄的人。一位姓赵的人在部队开飞机；一位姓薛的在部队干得好，把媳妇和孩子接到部队去了；一位姓阎的在部队是铁道兵，修路立了功也留在了部队。考学这条路，自 1977 年恢复高考到 1990 年，村里先后有三人考上较好的大学，用大家的说法就是吃上了皇粮。一位姓阎的考入汉中陕西工学院（今陕西理工大学），一位姓赵的考入北京化工大学，一位姓张的考入西北大学，还有几人考上中专、大专的。这些人的成功对于村里的年轻人来说就是榜样。

大哥学习比较好，从一年级到初三每年都是三好学生。但高考没发挥好，因英语差落榜了，想补习一年再考。那年冬季招兵，招兵的军官在村子里看见大哥就动员他去参军，大哥也向往部队生活，就自作主张要参军，这一下子打乱了原本的考学计划。后来大哥体检合格，只差穿军装走人。1986 年正值中越边境有战事，同村在老山前线牺牲的一炮兵营长遗骨恰巧被送回家乡，骨灰盒里就几块骨头。爷爷和母亲有点儿舍不得让大哥走，大哥是家里的长子，母亲身体不太好，不想让大哥参军。母亲急得又病了。军官先后到家里来说了好几次，做工作，又是承诺又是讲政策，说大哥有文化个子高身体好又机灵，到部队一定是个好苗子，新兵不用上前线，但是爷爷还是想不通。结果，参军没成，种种原因导致学业也耽误了。大哥便跟着大舅搞建筑，算是学了一门讨生活的本事，能养家糊口，过好自己的小日子。

同年邻村有一小伙，初中毕业，家里孩子多，就去当兵了。在部队表现好，还考上了军校，从志愿兵奋斗成一名军官留在部队。知道消息后，大哥心里多少有些后悔没有抓住机会。有时候人生的选择很重要，一不小心机遇就会与你失之交臂。所以看准了，就不要犹豫，不要徘徊，而要勇敢地去追求，去创造，去实现。

二哥读书也很优秀，尤其是数学学得特别好。高二上学期，高中各校选拔空军飞行员，全县所有高中只选前三名。二哥通过各种体检，身高 173 厘米，牙齿、视力、方向感、体能、心态素质、文化课均合格，最后到西安市空军部队进行两次体检均合格，军方最后给二哥说等通知，但过了通知时间也没等到通知。老师还亲自去了趟空军部队，猜测可能二哥的名额让人顶了。这件事情扰乱了二哥的学习进度，对他打击很大，他开始不好好上学，开始逃课。大哥把二哥送到学校，二哥在学校待不了一周就逃课回来了。母亲急得没办法，高中阶段学习紧张，他自己不努力不行啊。母亲施压，二哥就干脆自己藏起来不去学校，爬到我家的阁楼里藏着。母亲和大哥以及村子的人找了一天两夜没找到人。母亲急火攻心，心脏病复发，晕了过去，叫来医生抢救。二哥一看事情闹大了，自己从楼上悄悄爬了下来，给母亲认错。母亲对二哥讲："人不可有傲气，但不可无骨气。无论遇到什么困难，自己只要有股韧劲，什么事都能闯过去。如果自己先泄气，要做扶不起来的阿斗，那谁也把你扶不起来，一辈子啥事也干不成。"

大哥二哥当兵未果，打乱了我家原本按部就班的生活。哥哥们正是青春期，思想不成熟，性格倔强，难管理难沟通；爷爷思想跟不上时代，爸爸常年在外不管家务。遇上事没人拿主意，导致母亲整日提心吊胆，生怕哥哥们一不小心惹出什么乱子来。

母亲是我们的保护伞和老师。保护我们不受伤害，不受风吹雨打，不挨饿受冻；教育我们怎样劳动自立，怎样做人做事，克服困难树立信心。哥哥们有时淘气，打架惹事、逃课、偷摘枣摘桃摘豌豆、刨红薯摘西瓜、烧玉米，惹得母亲给人家说好话赔不是。那些年缺吃少穿，孩子们只是为了找些吃食，安慰一下永远也吃不饱的胃。好在当时民风淳朴，只要你去认错了，主家还会再送些西瓜桃子的。有时候一群孩子直接到西瓜地里向老大爷讨要瓜吃，主人会热情地杀个瓜来解孩子的馋，孩子也会主动帮忙干些力所能及的活。这些几乎都是农村孩子成长所要经历的事，每件事都是孩子成长的历练石，是教孩子明白事理的好先生。

在成长的道路上，生活本身教会我们许多道理。生活也让我们更懂得母亲养家不易，帮母亲干些家务活，是我们唯一能做的事。到田地里干农活，像除草、种麦、收割麦子、掰玉米棒等农活我们都会认真地学着干。我们虽然力气小些，但是发挥蚂蚁搬泰山的精神，也能干不少活，帮母亲解决不少问题，更重要的是我们在劳动中得到锻炼和成长，学会了观察，学会了思考，学着长大。

清晨节奏

小时候在乡村，清晨节奏是从鸡鸣和鸟叫声中开始的。上学的，喂鸡的，放羊的，下地干活的，清晨节奏开启了乡亲们美好生活的新一天，之后，小村喧闹活泛起来。如今在城市，我的清晨节奏是从清脆的闹铃声中开始的。

当东方天边泛出鱼肚白，星星依稀可见，残月还挂在天空，晨曦中马路上已是人来人往。清洁工早已上班挥帚除尘；公交车如期而至，接走一拨一拨早起的人群，奔向不同的目的地；早点摊前顾客络绎不绝，热乎乎的早点犒劳了他们的胃，是奔波一天的能量之源。

按点上班的我早早起床，要为丈夫和孩子做早点。丈夫是家里的顶梁柱，工作养家很不易，肩上的担子重责任大。孩子是家里的希望，是轴心，又是长身体的时候，早餐当然要讲究营养。人们常说：早上要吃好，中午要吃饱，晚上要吃少。每一天全家人的第一站能量补给一般由女人来完成，她们总是很认真、很仔细、很专注地在厨房操作着。其实，我家的早餐大多都是母亲帮我准备好主食，包括包子、菜盒子、锅盔、馒头等。还是母亲想得周全，怕我没时间自己做，在外面买的乱凑合不合胃口又不营养，就自己不辞辛苦地做好，让父亲给我送来。在时间紧迫的早上，我只要加热一下母亲做的主食，再配上牛奶、豆浆、鸡蛋、粥及一些小菜就是一顿丰盛又营养的早餐。我很汗颜，自己都是为人妻为人母的人了，还让母亲时常牵挂，这般辛劳。我能想象出要是没有母亲帮忙，每个争分夺秒的早晨，我顾此失彼慌慌张张的，怎么能照顾好父子俩按时出门呢？但这样的幸福随着母亲的离去而不复存在，清晨的厨房里我不再那么从容。每天晚上我都要想好、准备好明天的早点，要是哪天忙了没准备，第二天准是手忙脚乱，人还吃得不可口，大的小的老提意见。有娘在真好！有娘的孩子是块宝，没娘的孩子是根草。

　　厨房里，我把需要加热的先加热，然后自己一边刷牙洗脸一边看着早点，接着又忙活副食弄些什么菜；一边做着一边收拾垃圾，尽量把灶台收拾得干净整洁。感觉早点差不多了，亮开嗓子喊一大一小起床，父子俩也不跟拍，依然沉于梦乡不见动静。待一大一小洗漱完毕，早点已摆在桌上，坐好后时间紧就埋头吃了起来，谁也没工夫搭理谁。一阵疾风劲雨风卷残云之后，小的说：吃饱了，该上学了。而丈夫也擦一擦嘴巴，急着上班先走了。我抓紧时间收拾碗碟放在水池里，没时间洗了，赶紧打扮一下自己，背上包包和孩子到车棚取自行车上学。儿子刚上初中时，个高腿长非要骑车上学，不坐公交车。我的任务是陪孩子骑自行车上学，在路上教他一些骑车安全规则和注意事项，把孩子送到学校，自己再去上班。同孩子骑车走在路上，薄薄的雾气笼罩着大地，空气冰凉寒气逼人，又令人神清气爽。

　　在这样的清晨，各行各业的人们为了更美好的生活，从温暖的家里走出来，迈进冰冷的晨光里。从上幼儿园的小朋友到耄耋之年的买菜老人，从学堂里琅琅的读书声到军营响亮的"一二三四"的出操声，从市场里忙碌的商户吆喝声到工厂里迎着朝阳转动的机器声，从山谷里风驰电掣的火车到蓝天上展翅飞翔的飞机。这样的清晨节奏，是忙忙碌碌的，是欣欣向荣的，是充满活力的。每个人都以不同的姿态，精神饱满地绽放在晨日中，开始每一天平淡而充实的生活。

清晨节奏是美好的新的一天开始的节奏，是孩子求学成长的节奏，是人们迎着曙光向前的节奏，是每个人奋斗的节奏。

扫盲

扫盲班是特殊历史年代下产生的时代符号。在中华人民共和国成立初期，社会主义建设发生着日新月异的变化。在解决了国民基本生活需求之后，国家开始重视全民的素质教育。农村开始大规模的文化知识普及，尤其对妇女开设的认字班，是扫盲的代表。

当时村主任是本门中的一位长辈，他看母亲有点文化，字写得好又聪明能干，便让母亲管理村子里青年团和妇女的工作。这给母亲提供了一个展示才华的平台，母亲认真负责，一边干一边学。母亲在工作中得到锻炼，变得更加成熟乐观和坚忍。

我们村子的妇女扫盲班是母亲跑前忙后组织起来的。母亲给扫盲班学员购买学习用品，安排老师的吃饭和休息，动员大伙去听课，挨家挨户地做思想工作。妇女们有顾虑，说拿锄握镰的手要握笔，有些不适应，怕笨得学不会丢人。母亲鼓励她们说，字就像一把钥匙，能打开知识这把锁，识字是通往知识世界的桥梁。鼓励她们，给她们勇气、信心和力量，让她们走进课堂。刚开始上课，有的人干脆不去，有的人带着小孩，有的人纳鞋底，有的人拿着针线活，课堂上乱哄哄的像集市。妇女们还没有意识到，这是党的政策在给她们造福呢。

扫盲班利用农闲和晚上时间教妇女们认字，课堂上老师还讲一讲新鲜事和党的政策，读一些好文章。一周后课堂纪律大有好转，大多数人意识到扫盲的意义和给自己带来的改变，开始有人认真听课，认真做笔记。回家后在自己的男人面前大声地向他们炫耀所学知识，可以在男人面前扬眉吐气了。扫盲班还吸引了不少大老爷们儿在屋外旁听。他们在屋檐下或蹲或站，吸着旱烟竖着耳朵听，生怕漏掉哪句话，同时也在观察自己老婆的表现。不掏钱学知识为什么不学呢？第一期学习班结束，妇女们学到不少新知识。第二期、第三期妇女们学习认字、了解知识、学习新事物的热情高涨。扫盲班在各个村子之间进行评比，我们村名列前茅并受到表扬。

扫盲班，还有一个任务是破迷信除四旧。妇女学了知识脑子开窍了，思想解放了，认识提高了，腰杆子挺直了。她们开始重新思考自己的人生，审视自己的社会价值，并积极地参与到社会主义建设中去，用自己的智慧和勤劳的双手经营好小家，建设好大家。看到大家在扫盲班的收获不小，母亲真心替姐妹们高兴。

为了响应全民健身运动，县委组织各个乡进行篮球友谊赛。母亲身高一米六五，从小爱好运动，四肢协调性好，活泼好动，还是青年团干，被选为篮球队员。从未接触过篮球的母亲和她的伙伴们勇于挑战，在教练的指导下从基础学起，经过三个月的刻苦训练就上场比赛了。她们一边打比赛，一边学球技。母亲因表现突出被选为县队队员，代表本县参加省级比赛。赛场上的母亲身着亮蓝色带两道白条的运动衣，齐耳短发，身手敏捷，英姿飒爽，令村子里的妇女很是羡慕。每每提起这件事，母亲脸上就流露出自豪的笑容。

组织篮球赛，意在扫除乡村的文艺娱乐盲区，让村民们明白除了下地务农，还有好多有意义的事可做。种地是为了生存，而娱乐是农闲时过日子的调味品，是为了更好地生活。

为支持国家公路建设，母亲和村子里的年轻人进蓝田山里修长平公路蓝田段。他们自带工具，结伴步行到达施工地点九间房一带。到了目的地，大家第一时间搭帐篷，时属夏季，晚上女同志睡在帐篷里，男同志睡在帐篷外。条件虽艰苦，但母亲和伙伴们干劲十足，顺利完成了三个月的修路大会战。母亲讲，那时山中景色宜人，满眼绿色，空气清新，小鸟欢叫，当第一缕阳光洒在树尖上，劳动场面已经非常热闹了。队和队之间进行红旗争夺战，双方队员都铆足了劲，互不相让，互不认输，你追我赶，劳动积极性很高。

修路再次为妇女姐妹扫除了认知盲区，扫除了女人只能在家带孩子做家务，不能在外抛头露面干事情的陈旧思想，让她们能积极参与到建设"四化"的队伍里，发光发热。

学习使人进步，知识助人成功，提高文化水平让心灵绽放，让人生更精彩。妇女认识到只有拥有知识和热爱生活，才能成为美好生活的主宰者。通过学习，妇女的思想认识已站在一个全新的高度，这在修路劳动中体现出来。无论是刨土、抬石、挑筐，她们都争着去干，不怕苦不怕累，表现了很强的责任感。妇女的觉醒，推动了地方经济健康蓬勃发展。

守望幸福

幸福是什么？怎样的生活才算是幸福生活呢？一百个人可能有一百个答案。但我知道母亲的幸福是守着我们，守好我们的家，即使吃了许多苦，她也觉得是幸福的。

20世纪五六十年代，社会主义建设事业进行得如火如荼，需要大量人员，全国各地各行各业忙着招贤纳士。放一张桌子，就是简单的招工办公点。母亲和她的伙伴们用了一天一夜从村子徒步走到田王招工点。招工直接面试，过关后现场写一篇自我介绍，只要自我介绍审查通过，就直接录用当工人。母亲读过几年书，在村里也是边工作边学习，写一份自我介绍不是难事。母亲领了纸和笔趴在桌边，没多长时间一份自我介绍就写好了，招工的人还直夸母亲字写得好。母亲被录用到某某后勤部。和母亲一起去的有二十几人，只有两个人被录用了。其他人因写的自我介绍不规范，有的人字写得潦草，有的字句不通，有的满篇错字。母亲被录用，心里别提多高兴了。招工的人说回家开证明、介绍信，就可以正式报到上班了。

母亲带着激动的欣喜的憧憬的心情回家开证明，没想到碰了钉子，被泼了凉水。开证明需家长签字，母亲的家长是爷爷，也就是我们的老爷爷。爷爷说："娃呀，别心高了，就在家里种地吧，种地一样也是建设社会主义，你说一千道一万我也不同意。实话说吧，怕你一出去见了世面，把我孙子晾一边去了。"不管母亲怎么努力也说服不了爷爷，村主任也替母亲求情。爷爷说，签字行，签完他就跳门口的深沟，他清净去，其他人爱上哪儿就上哪儿。大家没辙。母亲深知自己肩上的担子，想：自己招工走了，三位老人怎么办呢？百善孝为先，不能光想自己而不顾老人的感受。就这样，母亲为了照顾这个家，放弃了当工人的机会，也失去了一次重要的改变命运的机遇。

母亲对家来说很重要，她是一个家的桥梁、纽带、凝聚力。勤劳、善良、贤惠的母亲上敬老人下育儿女，虽然日子清贫，但家里充满欢声笑语，吵闹中传递着平凡人家的幸福。

母亲十八岁有了第一个孩子，是个女孩，可惜只活了四天便夭折了。听母亲讲是中风，当时医疗条件有限，加上母亲也没有哺育经验。每每提起这件事，母亲就非常内疚。之后的五六年内，母亲膝下无子，但是这几年也是母亲一生中最快乐、最难忘、最有成就感的一段时光。

1963年随着大哥的出生，母亲肩上的担子更重了。母亲没有婆婆，坐月子时是邻居的一位奶奶到我家来给母亲做饭的。母亲为坐月子准备了两斤红糖，那时候红糖稀少，女人坐月子有红糖已经很奢侈了。

大哥作为家里长子，给三代单传的家里带来了许多欢乐。家乡有认干亲的习俗，家人先后给大哥认了两个干大，还摆酒席举行了认亲仪式，家里热闹得像过年似的，左邻右舍也跟着高兴。有了大哥，母亲就有了动力，有了干劲，白天在田地务农，晚上哄孩子睡后又在灯下忙针线活。母亲回忆说，有了孩子生活就有了新的希望，再苦再累也不觉得，浑身上下有使不完的劲。父亲不在母亲身边，孩子小，三个老人要照顾，母亲必须勇挑重担，管理好、守护好、照料好这个家。

小弟弟是在老爷爷下葬的第二天出生的。当时正值夏忙收麦子，加上白事熬人，母亲过于劳累，小弟提前出生了。母亲的心脏一直不好，实在没有精力管小弟，医生建议把小弟送人，有利于母亲养病。有几家人想抱养小弟。老爷爷去世后，哥哥们似乎几天就长大懂事了，不舍得把小弟送人，哥仨不上学轮流看管，生怕小弟被人抱走。母亲也不忍心将孩子送人，在全家人的努力下，小弟终于被留了下来。家里因为有我们五个淘气包而变得欢声笑语，其乐融融。

大人为了生计而忙碌奔波，对孩子是放羊式管理。家里孩子多，一般都是大的带小的，小的跟着大的长。疯玩时小的是大的跟屁虫，劳动学习时也是看大的行动。老话说得好，长子如父，长姐如母，老大的责任重大，是弟弟妹妹心中的保护伞、榜样、主心骨。长子长孙的地位和榜样在家不可小觑。写字时，大哥搬个长条高凳和小凳子摆在窑门口，二哥三哥就跟着他的样子一字排开。那时家里穷，不知道啥是写字桌和台灯，本子也要节约用。不会写的生字，他们用小棍子在院子的土地上练习，写会了才认真仔细地写在本子上。做数学题也是一样，在地上算对，再写到本子上，本子缺，关中大地上黄土不缺。

母亲用心守护着我们这一大家子。我不记得多少个夜晚看着母亲映在墙上的影子睡眼蒙眬，多少个夜晚是伴着纺线车的轻唱入眠，多少庄稼绿了又黄黄了又绿，不记得多少时光从母亲的指尖滑过，但渐渐长大的我们却在母亲的脸庞上、我们日渐短小的衣裤里捕捉到时光的痕迹。

老爷爷

佳节倍思亲，这两天脑海里老闪现与老爷爷在一起的点点滴滴。因没有奶奶，是老爷爷从小带着我们几个长大，我们对老爷爷有着很深的感情。老爷爷是一个温和、慈祥、有趣的乡下老头。

老爷爷年轻时会打小红拳，他仗义耿直，扮相就有一种不怒而威的震慑力。无论冬夏裤脚都用带子束着，腰间绑着布腰带，腰带上常年别着旱烟锅子，有可能还是他的武器。烟锅子和烟杆全是上好的黄铜，烟杆约有一尺长。这身打扮一看就是个练家子，奔八十岁的人了还精神矍铄。

老爷爷最喜欢小孩，尤其对我最好。

母亲讲在生我坐月子时，老爷爷进屋子拿东西，没顺手闭上门，外面风很大。母亲对老爷爷讲："把门闭上，小心把娃凉着了。"老爷爷讲："你生了个丑女子，还以为你生了个皇上，这儿是三尺禁地不让人来？"讲完自己笑了。老爷爷是个性格开朗的老人，因只有我一个孙女，对我尤为宠爱，经常借取东西之名来看我。我家门前有棵皂角树很特别，长在我家门口沟的边沿上。根深深地扎在沟口土里，根部又宽又大，横向长了一尺多长，主干向上猛长，大约成七十度的角，造型像一匹木马。我三岁左右时，哥哥们嘴馋，经常把我放在皂角树上骑着。我就坐在上面抱着树干，树底下是沟里松软的大土堆。当时也不知道害怕，就觉得好玩。哥哥们去骗老爷爷说，女子要吃好吃的，不给吃就跳沟。老爷爷一听就慌了，让哥哥们赶紧把我拉上来，赶快找好东西给我们吃。有时实在没什么好吃的，就用大铁勺煎一个鸡蛋，或油炸馍片来给我们解解馋。果子成熟的季节，老爷爷会带着我们几个到村子里有果树的人家去讨果子吃，有杏、梨、桃、枣、柿子等。虽然乡亲们的果树只有一两棵，长在自家院子里或房前屋后，水果也是稀有物品，但只要老爷爷开口，他们都会给老爷爷面子。

1975年收麦子当口，全家忙着抢收麦子，老爷爷突然就去世了。疼我们爱我们的保护伞倒了，我们几个扒着棺材哭得很伤心，但无论声音多大，也唤不醒躺在棺材里的老爷爷了。大人硬把我们拽离，盖上棺盖，从此，老爷爷和我们成为两个世界的人。听大人讲，人死后就去了天上，变成一颗星星挂在天空，每时每刻注视着他牵挂的人。我常常仰望星空，寻找夜空中最亮的星星，想必那就是老爷爷在看着我们呢，看我们在没有他陪伴的日子过得好不好。在蟋蟀歌唱的夏夜，我和老爷爷互相注视着，那是最遥远的思念。

长大后我明白人去世后住进了爱他的那个人心里，直到那个人的生命之火熄灭。如此循环，演绎人生，完成生命的传承与轮回。

涝池

北方的涝池，不像南方的荷塘能散发一塘荷香，引古今无数文人墨客用那深情的笔墨写出满塘荷花的灵魂，画出荷花的风骨，使荷塘浸润了千年的诗香与墨香。涝池的朴素和实用，与高贵和圣洁的荷塘是无法比拟的。它的命运深深地融入人们的日常生活中，与村里的每一个人都息息相关。

涝池是在村中地势低洼处聚集雨水的池塘。南方叫池塘或荷塘，北方叫涝池。它存在的价值是夏季暴雨来临时聚集雨水，避免村子遭受水灾，在干旱的北方还可以解决村里人用水尤其是洗衣服的难题。它的实用性是荷塘无法代替的。涝池是妇女们的聚集地，也是男人们谈天说地的好去处，是村中黄发垂髫怡然自乐的风水宝地，承载着村里妇女们的欢乐和辛酸，诉说着家家户户的"日子经"。涝池是母亲喜欢的地方，她说那儿是村子里最快乐的福地。

每当春回燕归时，涝池堤边的两棵柳树抽出嫩芽，枝丫婆娑，告诉人们春来了。这时，涝池的春是最可人的。涝池旁的小树林里，高大笔直的白杨树在春风中摇头晃脑地舒展枝条吐新绿，小草揉着没睡醒的眼睛探出头，紫色小花和黄色的蒲公英毫不示弱地与小草争色，花香引来蝶儿飞蜂儿忙。

53

涝池脱掉厚厚的冰盔甲开始满血复活，喧闹起来。

每年涝池的春似乎来得比其他地方早一些。一群村妇手上麻利地干活。"自己舍得添新外套了？"一句话打开了李婶的话匣子。李婶说："家里掌柜的说给孩子老添新衣服，你一年到头为家操碎了心，都过五十岁的人了，也没穿过几件像样的衣服。是我没本事让你吃不好穿不好，今年无论怎样也要给你添件新衣裳。"李婶的话让别的妇女听了很是羡慕。一年轻媳妇说："还是你有福气，三叔心疼你，不像我那口子，大男子主义，在家从来不动手帮我一把，早晚回来把二郎腿一跷，张嘴就问饭好了没，稍有怠慢就骂骂咧咧的，不打人已经是万幸了，还能给你买新衣裳？白日做梦。"话音刚落，又来了一个人，开腔说："给大家闻个香味。"然后很自觉地把东西拿到盆里去洗了，原来是尿布。"二婆你家又添人丁了？带把没带把？"二婆高兴地说："终于生了个带把的，我洗尿布都有劲咧。"三个婆娘一台戏，一群婆娘比树上的鸟群唱得还欢。涝池因女人而灵动，女人因水而活泛，村子因女人而生机勃勃。

涝池是村子的消息散发地。谁家姑娘找婆家了，谁家小伙结婚了，谁家申请了一院新宅基地，谁家孩子学习好，谁家孩子爱调皮，谁家媳妇孝敬公婆，谁不争气爱打媳妇没责任是个混混，好事坏事大事小事尽人皆知，往往是夸赞品行好的人好的行为，议论或咒骂不孝的不学好的不积极上进的懒娃。

涝池是蝴蝶与蜻蜓的练功场。初夏来临，"穿花蝴蝶深深见，点水蜻蜓款款飞"，成群的蜻蜓在涝池上方飞舞，时而轻轻点过水面，时而落在野花小草上。孩子们在草地上追逐打闹，有时想捉住蜻蜓反而捉住一只花蝴蝶，捉蝴蝶却引来小蜜蜂盘旋，同样也会让人乐一阵子。有的孩子把蝴蝶拿回家夹在书里，做成漂亮的蝴蝶标本。

涝池是小蝌蚪的摇篮。我对小蝌蚪非常好奇，天天来观察它们是怎么长腿的，怎么变成青蛙的，怎么一蹦一跳出现在水浅的地方的。看着看着没过几天就蛙声一片了。也有耐心的小孩来看青蛙是怎么吃蚊子的，是如何唱歌的，如何游泳的。

有时涝池成了男人的地盘。夏日炎炎，中午小树林变成了男人们乘凉的好去处。有的躺在躺椅上休息，有的在下象棋，有的三五个人在玩扑克牌，有的用树叶和树枝在地上玩"丢方"或"狼吃娃"的古老游戏，偶尔有小孩子在其间玩耍。他们海阔天空地聊，聊土地，聊政策，聊怎样赚钱，聊谁家孩子争气，谁家媳妇能干贤惠，聊一些男人的话题。

夏季，涝池水量充盈。在月明风清的夏夜，波光粼粼，杨柳依依。风涉水，水微澜。水清蛙邀月，池静柳听风。蛙无眠，赏月呼朋歌唱；蝉不眠，赏景数星弹琴；人未眠，纳凉摇扇听风。

冬天的涝池是孩子们的溜冰场。进入冬季，涝池沉寂，暂谢铅华养生机，寒风凛冽，玉雪玲珑。冬雪让喧闹的村子变得安静些许。当房檐下冰溜成排，涝池结冰，变成一面大镜子，也就说明入冬已深。一九二九伸不出手，三九四九冻破砖头，当节气到三九四九时冰是最结实的，家长才允许孩子们在冰上玩。村子又因为孩子的嬉戏沸腾了。母亲闲暇时，会来看哥哥和小伙伴优美的滑冰动作、玩耍时的活泼模样和挂在脸上的喜悦。这时家长们的心情也被孩子们感染了，疲惫的脸上露出久违的笑容。三九四九过后孩子们就不在冰面上玩耍了，怕出意外。

日复一日，年复一年。涝池在人们的劳作中见证了小媳妇熬成了婆婆，小男孩长成了魁梧青年，高大的白杨树干又长高了。涝池记录了人们追求幸福生活的步伐，记录了村子随时代变迁的轨迹，见证了生活面貌在人们勤劳的双手中改变。随着村子整体迁入新村，家家户户盖起了大瓦房或平房，先后从老村的窑洞搬出，住在老村的人越来越少，但人们依旧去涝池洗衣服、聊天，直到村子有了一口机井，有了洗衣池，再到把老村整改成了田地，涝池最终完成了它的历史使命，湮没于尘埃里，从人们的视线中悄然消失了，不管人们有多么依依不舍。

每每想起有涝池陪伴的日子，依旧是那么心醉，温暖如初。春日清晨的涝池倒映着柳树婆娑春燕衔泥忙的景象，夏日夜晚的涝池如一泓碧穹点缀着一轮皎洁的月亮和数颗闪亮的星星，秋日艳阳下的涝池把那秋叶金黄的小树林和啾啾鸣叫的雁阵紧紧拥在怀中。涝池如此聚人气得民心，我似乎悟出其中的真谛在于一个"动"字，生命因运动而得以生生不息。

故乡的呼唤

乡愁，是一座矮矮的坟墓，母亲在里头，我在外头。因祭拜母亲的次数多了，我对故乡有了更深的思索，对它有了新的认识。

故乡不只是一个名词，一个写在信封和邮件上的地址，一个地图上的小圆点。故乡是生活在这儿的许多人组成的一部生活史，是由弥漫着生活气息的旧物件、老房子、有趣的人和事等诸多元素编织而成的。它是每个人的人生出发地，是在外游子时常牵挂的地方，是人生黄昏时最想回到的地方，是百年之后最想长眠的地方。它收藏着我们的身世、童年趣事、成长经历，它塑造了我们的性格和品德，它赋予我们闯世界的勇气和力量。它也是一方水土的风俗史、文化史、情感史。鲁迅的《从百草园到三味书屋》《社戏》等都是写故乡的趣人趣事，还有老舍、沈从文等文学大师都用朴素的文字、真挚的感情写过故乡的人和事。字里行间无不表现出对故乡的热爱，这些作品也影响了几代人。

当下，越来越多的人成为故乡的陌生人。年轻人远离故乡，或求学或打工，村里只留下老人和孩子，故乡逐渐失去了昔日的热闹和活力。老人在家带孩子，变得越来越孤独，脸上少了笑容，多了几分忧愁。孩子因缺少父母的爱，变得沉默寡言，家里缺少了银铃般的笑声。其实有些时候陪伴比给予钱财更重要。金钱是世间俗物，有时候金钱面对高贵的精神需求显得那么苍白无力。留守老人、留守儿童，成了社会的弱势群体，孤独感充满他们的内心，村子也失去了应有的生机。

故乡越来越被忽视，人们越来越追求物质生活，渐渐淡漠了乡愁。虽然房子越来越漂亮，衣服越来越华丽，但人们心目中最珍贵的东西却渐行渐远。故乡的模样越来越模糊，不知道多少个自然村已从人们的视线中消失，那些自然、朴素、亲切的元素逐渐变得陌生了。

远走他乡的青年打工族，常年在外漂泊甚至还没来得及端详故乡的角角落落，既不熟悉田间阡陌，也不曾抬头仰望故乡的蓝天白云，而且从未读懂它的忧伤，遇见它的灵魂，未曾真正成为它虔诚的孩子，就匆匆忙忙地涌入城市。在城市里，有文化的在办公室里打拼，没文化的在工地上打拼；干的是最累最脏的活，住的是又小又窄的房。他们把青春、汗水、心血都奉献给城市，却忽略了自己的家乡建设，让父母多了份牵挂，孩子的成长少了份爱的滋润。

故乡是我们的根，无论以后翻过多少座山，蹚过多少条河，踏过几万里路，故乡的模样自始至终都在心中。故乡的田野风光旖旎，麦香醉人，果压枝低，金黄镶秋，是天然的氧吧，有自由的风、清新的空气、甘甜的山泉。这些元素折射了健康、安逸、舒适、悠闲的田园式生活格调，正是久居钢筋水泥的城里人梦想的陶渊明式的桃花源生活。

我的地盘我做主，为什么不留在自己的家乡，用勤劳和智慧改变它的容貌，何不用心努力地尝试，从行为上走进故乡，从精神上亲近故乡，熟悉它的经络和精气神？如果去践行，那么孩子的童年就会多一些色彩，家里就会有更多笑声回荡，幸福洋溢，充满爱的味道。孩子写作文时笔下就会流淌出对故乡深深的爱，而不是苍白无力的文字、空洞无趣的内容。老人额头上的愁容就会舒展开来，被笑容抚平。

　　土地是上天对我们的恩赐，我们应好好地呵护它，怎忍心让其荒芜？看到一片片荒芜的土地，我似乎听到土地发出忧伤的呐喊，呼唤在外漂泊的游子：归来吧，归来吧！

　　为了老人，为了孩子，为了生我们养我们如同母亲般的那片土地，归来吧！

篱笆小院

在人们居住窑洞的岁月里，篱笆小院随处可见。那时生活清贫居住条件差，人们对篱笆情有独钟。在日常生活中，篱笆的作用和功能被人们发挥得淋漓尽致，在乡间成为一道独特的风景。篱笆用它的朴素美观向世人叙说着它的精彩传奇。

我们村子以南北走向的沟为对称轴线，窑洞东西坐落，整齐排列，门和门隔沟相望。大多数人家以篱笆为墙，圈围起属于自己的地盘，形成一个独家小院。现在看来很有诗情画意，是陶渊明式的田园生活，在大自然的怀抱中，静谧舒适，悠然自得。小院满眼绿色，空气清新，微风拂面，篱笆墙上还开着花，挂着丝瓜豇豆……一切是那么美好，那么让人陶醉。

篱笆墙构造简单，能围起一定的面积，可以阻挡小猫小狗及家禽的光顾，因而深得人们的青睐。它的构造极其简单，用相对粗壮的木桩搭起主框架，再用玉米秆、棉花秆等捆绑在主桩上，一堵篱笆墙就建好了，这是原生态的建筑。乡亲们个个如神笔马良，神笔一挥画出了一幅幅别出心裁的画作，一户一景致。每年当寒冬退去，人们开始整理篱笆墙，到清明前后开始种瓜点豆。这时，家家户户篱笆墙下一片忙碌，人们脸上洋溢着幸福的笑容，插秧种瓜，栽花点豆，在墙前排兵布阵。种下的种子经主人细心的呵护，雨水的滋润，阳光的照抚，小芽破土而出，慢慢长枝添叶，一天比一天长势喜人。

丝瓜是最常见的主角，这是由于它有极强的攀爬生命力，光是一簇簇绿得可爱的叶子铺满墙面，已经让人喜欢了，再点缀上一朵朵黄色的丝瓜花，像一只只金色小喇叭，使篱笆墙更加妩媚动人，生机盎然。豇豆也争着来露脸，还有墙下的四五窝茄子，七八窝线辣子西红柿，美人蕉和鸡冠花也不甘示弱挤着脑袋来争春。花儿更是不甘寂寞，你谢幕来我登场，这时的篱笆墙附近是花的世界，忙坏了蜜蜂和蝴蝶。动与静的融合相得益彰，勾画出乡间最美季节的篱笆墙，把简朴的农家小院装扮得诗情画意。

向晚，母亲手执一把蒲扇，坐一把小椅子或矮凳，和我们在篱笆墙前的院子乘凉。看到墙上挂着小丝瓜，长长的豇豆生机勃勃，它们个个长势喜人。一阵风吹过，丝瓜荡起了秋千，豇豆玩起了单杠，鸡冠花在摇头晃脑，它们借着风力舞动起来。头顶偶尔有鸟儿回巢鸣叫着飞过，天上飘浮着朵朵白云，这时的风儿也抚过了我的脸颊，舒心又惬意。这有趣又实用的篱笆墙为村人单调的生活增添不少色彩，在改善盘中餐的同时，也让人们心灵深处有了对美好生活的希冀。

篱笆墙在当时的社会环境中，从另一个角度反映了社会风尚和淳朴的民风。夜不闭户，路不拾遗。在那个家家户户孩子多，物资少，人们在温饱问题上忙于奔波的年代，人们家里无存粮，无存款，无存物。虽然物质生活不富有，但

61

精神却很富有，雷锋精神举国上下妇孺皆知。人们的人生观价值观取向高尚，社会崇尚助人为乐拾金不昧，崇尚诚信做事善良待人。人们的心田是一块纯洁的净土，不被世俗的杂念所污染，所以才能生长出如此美丽的篱笆风景墙，使灰暗的庭院增添了一抹亮丽的色彩，家也被它点缀得有了朝气和生机。

在我心中，篱笆墙是人们的幸福墙，它承载了太多的乡村特色和时代精神。

造福工程

中华人民共和国成立初期，百废待兴，中国共产党领导人民决心要努力建设属于自己的新国家。第一个五年计划为我们指引着前进的方向，全国人民心情之激动、斗志之昂扬、干劲之饱满是空前的。其中基础建设中的修公路是首要任务，条条道路是国家跳动的脉搏，是沟通省市县和乡村的运输线，是联系群众的桥梁和纽带，是奔向好日子的康庄大道。

国道长坪路段要经过蓝田县境内，在机械设备不先进的情况下，修路用的是人海战术，团结就是力量。母亲和村子里的年轻人进山支援修建长坪公路，当时他们不知道自己所修的公路是我国的公路大动脉。母亲讲山里风景很美，树木葱茏，空气清新，云淡风轻，鸟儿欢唱，但他们对这些美景不感兴趣，心思全在修路上。他们心无旁骛一心一意地想为新中国的建设增砖添瓦。每天早晨东方刚泛鱼肚白时，劳动已热火朝天；当夜幕降临，晚霞染红了天际，微弱的星光下还有劳动者的身影。当时没有先进设备，几乎全是靠人力，发扬愚公精神，用镐敲、锹铲、筐抬，硬是在杂石乱草的山上开出一条平坦大道。

翻身当家做主的人们，由内向外散发着一股建设祖国的冲天斗志，全国上下都渴望着建设一个自由、民主、富强的新国家。不只是我们家乡的父老乡亲，全国各地的人们都只有一个目标，一颗红心时刻听从党的召唤，竭尽所能地参与到建设社会主义新天地的浪潮中去。人们把自己的利益看得轻，把国家利益看得高于一切，积极响应国家号召，用双手改变着，创造着，装扮着，让盼望的好日子早日到来。修路只是迈向幸福生活的第一步，与此同时进行的还有兴修水利发展农业，解决人们的吃穿问题。

兴修水库蓄水用于农业灌溉，是人民公社时期的重要任务。目的是提高农作物产量，解决吃饭问题。老家冯家村公社修建的水库为于家沟水库，拦截流入灞河的一条支流，位置选地势较高处，用于四个生产大队的农作物灌溉，工程量很大，修建也颇费周折。当时的体制是人民公社，干活都是集体劳动，挣工分，凭工分分粮食。按一天三晌为一个劳动日，同时根据劳动强度不同来核算成工分，大约一个劳动日能分二斤小麦，也能分别的农作物。

修水库劳动强度大，主要从各个大队抽调精壮劳力，一天算两个劳动日，中午管饭，还能认识更多的人，是很划算的好差事，所以好多青壮年都争先恐后地抢着报名。他们除了打自己的小算盘——馋白面馍馍外，也希望积极参与到社会主义建设中去，用自己微薄的力量为集体、为国家做点贡献。最可敬的是他们那种为集体利益、为国家利益甘愿奉献的精神。

当时机械化装备少，全凭双手和排除万难、坚决完成任务的决心。一根筷子轻轻被折断，十根筷子牢牢抱成团，团结就是战胜一切困难的力量。为了完成党和国家的任务，为了改变生活面貌，为了庄稼的丰收，大家勇挑重担，全力以赴。工地上人头攒动，坝堤上红旗如画，战地前士气高昂。困难被团结的力量化解，被万众一心的干劲击倒，被大干社会主义的雄心所淹没。待到库水蓄成时，敢教农人换新天。喜看稻菽千重浪，修坝英雄笑丛中。当第一股清水引灌入渠流进田间，淌到一棵棵庄稼的根部时，沿途的老百姓纷纷出来欢迎，就像迎接首长视察一样，带着崇敬和庄严恭候水的到来。对于祖祖辈辈靠天吃饭的庄稼人来说，亲眼目睹水流进田地里，那种喜悦的心情无法用语言来形容。那发自肺腑的欢呼声回荡在广袤的田野上，和着鸟儿的鸣叫，伴着风的低吟传向远方，悠长而绵远。

朱元璋的谋士朱升当年给朱元璋提的战略方针是："高筑墙，广积粮，缓称王。"这句话对中华人民共和国成立初期的建设也很适用。重农业，修水利，屯粮食，是安定民生的大事，所以修粮站屯粮在当时也是重点工作，以备灾年为老百姓救急。我们村子由于地理位置的原因有幸被选为粮站修建地。粮站依崖壁修建，窑洞式仓储。这是一项大工程，施工分两大部分来完成。先打垂直地面的有技术要求的竖井，挖到一定深度时再从侧面修窑洞，工程全凭人工挖掘。当工程进入尾声时发生了意外，我们村子四个青年为此献出了年轻的生命。他们是薛广民、阎立虎、薛育魁、赵国岱。不幸是突如其来的。这原本是一个美好的早晨，干活累了的他们走出窑洞休息，刚走到窑口，发生了塌方，窑洞上方的土滑坡把四个人压在了下面。整个村子的人都参与了营救，可惜当时没有救人经验，也没有搜救工具，仅靠几百双手，连孩子都徒手刨土救人，但还是没能挽救回年轻的生命。四个家庭沉浸于失子之痛中，整个村子被悲哀笼罩。在父老乡亲的心中，他们四人虽然从人们的视线中消失了，但他们永远活在乡亲们的心中，他们和冲锋在战场上的英雄一样伟大。他们将和他们所修的粮站一样矗立在岁月的时空里。

在"三修"工程的战斗中，奋战在前的都是生龙活虎的青壮年，冲锋在前的都是有理想有抱负的有为青年。他们有责任有担当，愿意为父母分忧，为国家建设出力。而在生活条件优越的今天，一些年轻人无论是思想上还是行动上都滋生了惰性，不思进取，贪图享乐，成为啃老族。身体变懒了，精神涣散了，意志消沉了，斗志跑没影了。无论时代如何前进，有责任、有担当这些好品质都应传承下去，少年强则中国强。

月白色的确良衬衫

随着科技的进步与发展，面料的质地和花色种类越来越多，人们买衣服可选择的范围越来越广，年龄稍长的人谁还会记得初遇的确良面料时的激动与惊喜呢？

20世纪六七十年代，人们的衣服是清一色的粗棉布，色彩单调，满眼都是黑灰蓝绿，的确良面料的出现，犹如一道风景进入了人们的视野，牢牢抓住了人们的眼球。它虽然没有棉布料穿着透气吸汗舒适，但它色泽鲜艳，不易掉色，不易起皱，做成衣服有型，因而深受人们的喜爱。尤其是做男女衬衫，能一下子抓住人们的心。但是的确良面料价格昂贵，一般家庭消费不起。

那时母亲担任村妇女主任，每月有布票补贴，母亲就用攒的布票扯了一块月白色的确良布头。因为是剩余的一块布头，价格有优惠。母亲不知看了多少次布，都没舍得买，这次终于等到布头，才咬牙买下来，想给爸爸和她每人做一件衬衣。结果，到裁缝店里一量尺寸，给爸爸做衬衫差了那么一点，只能做两件女式衬衫，于是母亲就给自己做了两件小翻领、敞口袖、对襟、收腰的女式衬衫。一件没有口袋的平时穿，一件有口袋的迎媳妇嫁女时穿。不光自己穿，村子里别人遇到喜事时也借母亲的月白衬衫穿。母亲这两件衬衫吸引了村里女人的眼球，一段时间村里的女人把置办一件的确良衬衣作为奋斗目标。物以稀为贵，在当时，女子若能得到对象置办的的确良衣服，就是非常受重视的象征。

母亲把衬衫拿回家时，消息就不胫而走，家里来了一大群人争相试穿。她们一来想见识一下什么是的确良面料，与那平面花布料有什么不一样；二来看看衣服是什么新式样。母亲的新衣服改立领为小翻领，改大偏襟为西式对襟扣，还有腰摆两侧有方口袋，样式是新颖一些。三个女人一台戏，一群女人在那儿试穿，热闹得像开了锅，说笑声能将房顶掀翻。评价谁穿着身段好，谁穿着亮肚子，打闹说笑，也不会因别人说她富态或者胖而生气。有时还会逗趣，说我家掌柜的疼我，吃得好让我长得走样了。不像你家掌柜的，啬皮舍不得吃把你养成了瘦猴子，引得大伙儿哄堂大笑。个小的衣服穿着像袍子，自谦说偏大的、向小的、中间夹个受气的，在娘家没长起来个小点儿，那叫小巧玲珑，还省布料呢，哪像你们一个个五大三粗的像个汉子。说笑打闹的同时，她们心里盘算着什么时候也置办一件，好扬眉吐气一回。此时她们是最快乐的，有了一丁点个人自由的闲暇时光，暂时忘掉了持家的辛酸和敬老养小的辛苦。说过闹过笑过就各自回家，各忙各的事情了。

母亲的一件衬衫在当时竟有如此神奇的功效，让纯朴善良的姐妹们如此开心快乐，天真如孩子。母亲带给她们以快乐，她们也回敬母亲快乐。那种互相分享互相传递的快乐让人难忘。母亲讲那个试衣场面时，脸上也挂着孩童般的笑容。

母亲对衬衫格外爱惜，吃饭时生怕把东西掉上去了，一般只在节庆时才穿出来。有人要借，母亲也是千般嘱咐要小心不要弄脏了。母亲不想借，但邻人都不富裕，又碍于面子和友情，还是要借出去的。一件衬衫也不知道迎娶了多少个新媳妇回来，嫁走了多少个姑娘出村，参与了多少个孩子的满月宴。

母亲做认为重要的事时都穿它。第一次见我老公时，她就穿着它，母亲身份证上的照片也是穿着两个口袋的月白色衬衫照的。后来家里条件好起来，家人给母亲添了不少好衣服，但母亲唯独钟爱那件的确良衬衫，也许因为那是母亲自己奋斗得来的，所以格外珍惜。那个年代人们对的确良的热爱，反映了人们对美好生活的向往和追求。虽然条件艰苦，日子紧巴，囊中羞涩，但阻挡不了一颗颗向往美好生活的心。

一次整理衣柜时，拿出母亲留下的东西：一个手工缝制的蓝色布钱包，里面装了116元钱；一双补了补丁的尼龙花袜子；一件月白色的的确良衬衣。这些物件留有岁月的痕迹，似乎讲述着母亲劳碌一生的生活经。在那个物资匮乏的时代，它陪伴着母亲度过了多少开心的日子，在母亲上有老下有小的艰苦岁月，它与母亲一起承载了过日子所经历的酸甜苦辣。

阳光小院

久居繁华的都市，住着巴掌大的单元房，都没地方莳弄花草，这使我更想念老家的小院。儿时的记忆里，我家小院在村子里算是大院子了，有两个篮球场那么宽敞。有两面窑洞，两间坐北朝南盖的厦房，房檐下是小舅用水泥和小石头打的一个水泥面，又宽敞又干净，是当时村子里唯一一个用水泥做的廊台。

清晨母亲用洒水扫院声开启新的一天，每天把院子收拾得干净整洁。院子是我家的门面，是我家的会客厅，是检验母亲勤俭持家过日子的一面镜子。母亲的第二件事是打开鸡舍，撒些吃食。母鸡们扑棱着翅膀咯咯地叫着，以示感谢主人的恩惠。而那漂亮的大公鸡很有风度，仰脖打鸣，召唤跑远的母鸡来吃食，自己则在旁边昂头挺胸踱着步子，东张西望地观察情况。这时我们便抓紧时间起床洗漱背上书包上学去。

有时星期天太阳好，我们几个娃娃要帮母亲把麦子淘净、晾干、磨面。我最喜欢干这个事情了，用笊篱筛子把麦子捞出来，倒在席子上晾晒。晒干的过程中要有人看着鸡和鸟不让它们来捣乱，还要用木制耙子翻一翻麦子。我最喜欢耙子在麦子上走动时的感觉，耙子在我手中变成了画笔，我一会儿在麦子上画出了南北沟壑，一会儿画出东西沟壑，一会儿是一朵花，一会儿是一棵树，一会儿是一朵天上的云。常因此招致母亲的训斥："小心把麦子弄到地上，不然要收拾你咧。"

我最喜欢冬天阳光好时晒被子。母亲把被子搭成一行，会给孩子带来许多欢乐，小孩子会围着被子捉迷藏，玩得很投入。最难忘的是母亲用木棍敲打被子上的灰尘，把尘土散了去，把阳光收进来。晚上盖着晒过的被子特别舒服，暖暖的，绵绵的，有阳光的清香，还融入了母爱的味道，才使被子如此温暖。

因为没有奶奶，爷爷喜欢到邻居家串门，父亲在外工作，母亲便当家做主。我家房子向阳，一到农闲的冬天，妇女们就自觉地聚到我家的院子晒太阳，做活聊天。有纳鞋底的，有纳花鞋垫的，有做小孩学步的虎头鞋的，有缝棉衣服的，有让母亲扎床单缝衣服的。她们聊天交流见闻，手却上下翻飞，活一点也不耽误。有的会说些家庭纠纷，母亲就会帮着分析情况，出出主意，安慰一下情绪，说过日子要互相包容、忍让、理解，家和为贵。有阳光的日子我家特别热闹，小院里时不时飞出阵阵笑声，惊得梧桐树上胆小的麻雀一群群飞走一群又落下来。

逢星期天，孩子们也来凑热闹。男孩子扎成一堆，比比谁的链子枪做得好，谁的弹弓打得远打得准，谁的铁环做得漂亮滚得好，有时还在院子里比赛打树上的麻雀。女孩们则抓石子玩沙包踢毽子，别提有多热闹多快乐了。各忙各的互不干涉，院子里时不时传来稚嫩的笑声，回荡在冬日的暖阳下，树上的麻雀一群飞起，而另一群又落下，欢乐的时光连麻雀都想分享一下呢！而今最让我怀念的是在小院里读书。每当我犯了错误时，母亲既不骂我也不打我，而是让我读语文课文，她一边干活一边听，读完了再让我读好词好句和成语。上初中后有时让我读历史书，讲历史人物和事迹。因此可以说，我对文学的爱好，很大程度上来自母亲的罚读和教诲。

我最享受的是一家人在小院梧桐树下的石桌上吃饭的时光。虽然饭菜很简单，但经过母亲用心烹饪，我们每餐都吃得津津有味，口留余香。菜盒子、煎饼、臊子面、饺子、白面馍馍都是饭桌上不常见的珍品，是我常常馋嘴的饭食。虽然经常吃母亲腌制的白萝卜和酸菜，吃黄面馍和苞谷糁，但嚼咸菜时的咯吱咯吱响，喝苞谷糁时的呼呼响，让人感觉吃饭的气氛很浓。阳光透过树叶的缝隙洒在石桌上斑斑驳驳，映得饭菜看起来更加诱人。我们一家人在饭桌上吃饭时，桌子上一般不撒东西，盛稀饭的碗用咸菜擦得干干净净，每次菜快完的时候，大家都谦让不去夹菜。我常常把这些讲给我的孩子听，教育孩子和人相处要为对方着想，不能只顾自己；不要在吃饭和穿衣上挑三拣四与人攀比，要在学习和品德上对比，找差距，做一个品德高尚的人。把姥姥常说的"做人先德，以德立世，德行重于钱财"唠叨给孩子听，希望对孩子的成长有所启示和帮助。

奔向火红的日子

1978 年的十一届三中全会，犹如春风吹遍了神州大地，点燃了农民奔向新生活的雄心壮志，加快了奔向新生活的节奏，每个人浑身有使不完的劲，努力用自己的双手和智慧勤劳致富，改变现有生活环境，创造新生活新希望。

1982 年土地分田到户，实行责任制，这一重大改革，极大地激发了农民的积极性和主动性。这一改革来自距陕西千里之外的安徽小岗村农民的伟大尝试，大胆破冰，打破禁锢。之后，农村土地改革这一制度在神州大地被推广开来，成为农村土地改革的风向标。母亲说，从此田地里的庄稼从单一的小麦玉米等主粮品种朝多样性发展。放眼望去，同是绿油油的一片庄稼地，一畦是棉花，一片是大豆，再一块是谷子。各种蔬菜，也是小面积亮相在田间地头，紫色的茄子，灯笼似的西红柿，挥大刀的肉豆角，绿盈盈的线辣子等，争相表现。田野里的庄稼活跃起来了，多彩的生命给庄稼人的日子染上了斑斓的色彩，人们的日子一天比一天好起来。尝到甜头的老乡们对政策有了认识和理解，不再前怕狼后怕虎，人人都摩拳擦掌，铆足了劲放开手脚大干一场，为奔向火红的日子而奋进着，追赶着，探索着，在新政策新气象的指引下谱写美好生活的新篇章。

赵氏兄弟是村里最早的养猪户，凭着勤劳能干肯吃苦，几年间就在村里小有成就。他家养的猪崽是方圆几百里有名气的，以健壮欢食好养肯长而闻名。致富路上，赵氏三兄弟为村人探了路，带了头，树立了榜样，不光自己的日子好了起来，还带动村里人一块儿致富。赵家人很有生意头脑，还利用冬季农闲制作灯笼，灯笼生意红火，尤其是孩子挑的火葫芦灯笼，是畅销的年货。

全村人都在为过上好日子各尽其才，各显神通，去创造，去奋斗。我爷爷也尝试着养了一头母猪，我们还给母猪起名为黑子。

不养不知道，一养才知道有多辛苦，一头猪一天用全家人一天的用水量。当时爷爷年纪大了，爸爸常年在外，母亲是家里的主要劳动力，家里事儿也特别多，事事都得母亲亲力亲为。所以每天天不亮，母亲就去挑水，因为那时候用水是从井里摇辘轳打上来的，天亮了人多就要排队。要是天快下雨了就必须多存水，因下雨天路面比较湿滑难走。一次阴雨连绵下了好几天，土路泥泞不堪，行走艰难，致使母亲挑水滑倒摔了一跤，旧伤复发，扭伤了腰，崴了脚。母亲挑水受伤，而大哥二哥念高中住校，我和三哥就尝试着抬水。因我俩个子小，摇不动辘轳，母亲就带着伤忍着痛把水从井里打上来，我和三哥用木棍抬起一桶水往家里运，跑两趟相当于大人挑的一担水。为了我家那头黑子财神爷，抬不动也要锻炼。刚开始抬水，中间还要休息几次，半个月后中途歇一次就能一鼓作气抬回家了。

在全家人的悉心照料下，黑子也给我们家带来了第一桶金，一次生了 12 个小猪崽。为了感谢这个大功臣，母亲给它的伙食都改善了，不再是加一些糠料，而是粗粮和剩汤剩饭，拌得比较稠，黑子吃食的动静响亮，吃得特别香。爷爷一连守了好几个晚上，生怕它累了压伤了小猪崽。爷爷说：等小猪崽过了个把月长大了，就能卖个好价钱了。看着一群活泼可爱的小猪崽，无忧无虑地吃了睡，睡了吃，让人好生羡慕。每头猪崽的价格不一样，大个的健壮的能多卖几块钱，长得瘦的就少卖几块钱。

　　小黑一家在我家好吃懒做。我和三哥除了整天给它抬水，隔一段时间还要清理猪圈，给垫垫土，猪粪则作为庄稼的肥料。每次干完活，一身土一身汗，累得人腿发软。累归累，但我们很乐意为小黑服务，尤其是它生了小崽，我们感觉自己很有成就感。自己的劳动能帮大人减轻负担，尤其是减轻母亲肩上的担子，改变家里的经济状况，使家里的日子好起来，我们心里别提有多高兴了，也有一种小小的自豪感。

　　第一次卖猪崽得到的钱鼓舞了全家人，使大家士气高涨，积极性更高，我和哥哥抬水更有劲了。爷爷和母亲计划着再申请一院庄基地，打算慢慢购置盖房子用的椽、檩、大梁、红瓦红砖等，攒够了就动工盖房子，还想买一辆自行车，添一些家里的生活用品。

　　可惜好日子就像兔子的尾巴长不了，小黑为我们家生了三次小猪崽后就生病了，爷爷还特意到县兽医站请兽医给小黑看病，但兽医没能妙手回春，最后小黑不吃不喝，健壮的身子没几天就瘦得没形了。一家大小眼看着小黑一天天瘦弱，干着急没办法。最后小黑还是离开了我们，我伤心得都流泪了。爷爷把小黑埋在了门口沟里的一棵皂角树下。我们家养猪致富的计划夭折了。

当时与我家养猪失败类似的情况比较多，但这丝毫不影响人们奔向火红日子的决心和斗志，人们在辛勤的劳作中改变了吃饭难、买卖难、穿衣难的现象，土地改革激活了农村经济，助推了国民经济，解决了农民温饱问题。百姓有了余钱，就想着改善居住环境，有的家庭先后购置了"三转一响"。老百姓说，好日子才刚刚开始，这是老鼠拉锨把——大头在后头，更好的生活还在后面等着呢。

一碗汤的情谊

　　人和人之间，往往通过一件事情，就无声无息地拉近了彼此的距离，友情就在此刻建立了，往后的日子，就有了彼此的牵挂和守护，以及困境中的鼓励和帮助。

　　1968 年 12 月，城市青年大力响应知识青年到广阔的农村去锻炼的号召，从城市奔向农村，想闯出一番天地，有所作为。

　　不久，我们村子就有知青光临，来了八个人。村人对他们非常欢迎，专门设立了知青点。生产队准备把村子办公的小院整理出来让知青住宿，村民前来帮忙。唯一不友好的是跳蚤和蚊子，对细皮嫩肉的他们一点也不留情面，叮着他们满身咬，没几天他们身上就大包小包痒得难受。青年人很细心，用白纸糊在挂衣服的地方，土炕的周围用报纸糊一圈，刷牙缸洗脸盆统一摆放。

　　知青们来自西安东郊的某军工厂，五男三女。他们带来了不同的文化元素，也丰富了村人的业余生活。村子里有了乒乓球案子，有了篮球场地，傍晚还能听到悦耳的歌唱声和绵绵悠长的口琴声。不久知青们就融入了村子的生活，与村民同劳动，同学习，同呼吸广阔田野的新鲜空气。他们下地干活，跟着农民学习如何翻地锄草，学习认识农作物，学习用辘轳打水，学做饭洗衣等生活技巧，几个星期下来，他们就不再像刚来时那么讲究了。不过劳作一天，他们还会拖着疲惫的身体，用歌声和乐器为这个静谧的村子带来几许欢乐和热闹。女孩子爱唱的歌有《东方红》《毛主席的话儿记心上》《我的祖国》《学习雷锋好榜样》等，男孩子爱吹口风琴，曲子有《东方红》《我爱北京天安门》等。

渐渐地，知青点成了村里的娱乐场所。村里的年轻人与知青打篮球，小娃娃们跟着学打乒乓球，晚上听知青们唱歌讲故事等，大人们则摆上象棋厮杀几盘，赶走一天的疲惫。慢慢地，有些村民把自家的饭菜端给知青吃，想着都是和自己孩子一样大的娃娃，正是长身体的时候，远离父母来到陌生的地方，也不太会做饭，生活也不容易。在众多村民的饭菜里，知青对母亲的疙瘩汤情有独钟，还让母亲当了一回郎中。

事情还要从夏忙收麦子说起。

这是知青第一次亲身感受夏忙时节的劳动节奏。空气中弥漫着麦香，那是农民们收获的时刻。三夏大忙，正是龙口夺食收麦子的紧要关头，各个生产队到处都是人头攒动的忙碌景象。金色的麦浪中，传来镰刀割断麦秆的清脆声；阡陌之上，独轮车儿穿梭忙；碾麦场上，马达轰鸣的电碌碡在飞快地旋转着画出圆的轨迹。生产队劳动分工明确，各司其职。收割为抢收生产一线，任务重，责任大。农民靠天吃饭，麦子是他们一年的期盼，是身家性命的倚仗。大伙都在使尽浑身解数抢收麦子，和时间赛跑。眼看天气变了，但大伙还是想多抢收些，不肯从地里回来，直到豆大的雨点砸到地面上，落在头上身上才纷纷往回跑。

虽然有草帽挡雨，但雨来势凶急，每个人都被淋成了落汤鸡。经不住冷雨淋呛，知青中的两个女娃有些发烧了，也不想吃东西，虽然吃了药但还是浑身不舒服，没劲。晚上母亲做了些老鸹颡，也叫疙瘩汤，用菜盆端过去。别人吃得津津有味的声响也调动了她俩的胃口，结果他俩吃完还想吃。第二天晚上，母亲专门给她俩做了些疙瘩汤，还多放了生葱和姜，以及油泼辣子，让两个人吃完用被子捂着发汗。睡了一晚两人头不疼了，感觉不那么难受了，身上也有劲了，就捎话让母亲第二天再做一碗疙瘩汤。她们中午吃了发了发汗，睡到晚上两个人就有劲起来唱歌了，天一亮就跟着大伙下地收麦子去了。这下村里人都知道母亲用疙瘩汤给知青治好了感冒，情谊就在一碗汤中建立了。

我们几个不明白，家里吃的紧缺，还给外人吃，我们几个不太乐意。母亲大概看出了我们的心思，对我们讲："人这一辈子，有无数困难在等着你，不知道在什么时候，什么地方就出来找你麻烦。但凡有人遇到难事，你碰见了，能伸手帮一把就要帮一把，不要当冷眼旁观者。你帮过别人，当你遇到麻烦事时，别人也会帮助你的。做人要有一颗向善的心，这是做人最本分的要求。"

后来，两个小姑娘有什么都爱给母亲讲，母亲也帮助她们克服生活中的小困难，鼓励她们要自强。母亲教会了她俩在农村生活的一些技巧和本领，帮助她俩树立克服困难的信心。母亲告诉她俩，离开父母的庇护来到乡村锻炼，经常会遇到各种各样的小困难，要学会自己面对。母亲问她俩遇到困难怎么办，两人很迷茫地摇头。母亲说："困难像弹簧，你强它就弱，你弱它就强。关键是自己要有一颗勇于面对困难的决心，用智慧去战胜它。你经历了，长大了，身心都得到成长，以后的路会越走越宽。无论环境如何改变，你都拥有一颗强大的心，能战胜一切困难。"两个人回城后还来看过母亲几次，后来结婚嫁人，跟随丈夫到外地生活，才渐渐地走动少了。

花草的香气

我小时候对花草很感兴趣，目的不是欣赏花儿的芳容，草儿的葱郁，而是看哪个可以用来填肚子，以此来安慰我那饥肠辘辘的肚子。

老话说的二三月青黄不接，短吃的时间，每年这个时候母亲就犯愁。我们家孩子多，半大小伙子多，家里的吃食却不多，母亲总担心我们饿着。我们想用自己的劳动为母亲分忧。为了能寻找到能吃的花儿草儿，我们开始用双脚丈量脚下的土地，在万千绿色中寻找荠荠菜、白蒿、苜蓿、蒲公英、小蒜、米蒿蒿、灰灰菜、马苋菜以及树上的香椿芽、槐花、枸絮等可以吃的东西。

每天下午放学回家后，我们就结伴去田间地头、沟口崖畔、阡陌之旁，这些地方都有野菜的身影，并不难寻。只是贪玩的孩子们不急于采摘，而是先玩玩捉蝴蝶，捉绿螳螂，追一追红蜻蜓，看看蚂蚁搬东西，关心哪儿有杏花桃花，果子熟了惦记着去摘来解解嘴馋，玩够了才干活。摘菜也是有学问的，摘掐鲜嫩的枝叶，无虫眼的叶子做成的食物才好吃。

这里介绍几种常见的野菜。

先说报春第一菜香椿。香椿含有丰富的维生素、钙、磷、铁等营养成分，且本味厚重，味道鲜美，椿香浓郁，可做成多种美味佳肴，或凉拌或炒食，鲜香留齿。有谚语说："雨前椿芽雨后笋。"谷雨前采摘的香椿芽，枝肥叶嫩，鲜香最盛。再说荠荠菜，它的营养价值很高，含丰富的维生素和胡萝卜素，具有止血利水、凉肝明目的功效。在菜品稀少的古代，冬末初春的荠荠菜深受人们的喜爱。在当下，荠荠菜又让人们追寻绿色、野味、健康，初春郊游，趣味劳动等赋予荠荠菜新的理念。野苋菜、灰灰菜也不甘落后，初夏，一场透雨后，野苋菜、灰灰菜长势喜人，片片嫩叶冒了出来，枝嫩叶肥，正是采摘的好时机。野苋菜有的叶子红绿相间，味道偏甜，铁钙元素含量高。民间俗语说："六月苋，是鸡蛋；七月苋，肉不换。"其所含铁钙质易被人体吸收，能防止贫血，增强骨骼健康，防止骨质疏松；性寒凉，食之有利于缓解目赤目痛，咽喉红肿。马儿菜即马齿苋，其茎通透红亮，叶子圆小而厚润，生长喜水。其含铁量高，是药食两用的菜品，具有补血益气、抑菌抗炎、降火去燥、生津止渴、保护肠胃的作用。几场夏雨后，便是人们的又一种美味菜肴。

荠荠菜和香椿，是踩着春的脚步来到我们眼前的。这两种菜是众野味中的金领级别，不光营养价值高，做成的食物也美味可口，深得人们的青睐。关于荠荠菜，在古都西安还流传着一个凄美的爱情故事。唐朝一位王丞相的三女儿王宝钏看中人穷志坚的薛平贵，但家里反对，王宝钏毅然舍弃荣华富贵，和薛平贵来到城南寒窑生活。薛平贵出征打仗受伤，被一位公主所救，十八年未归。王宝钏生活穷困潦倒，以挖荠荠菜度日，诠释了对爱情的忠贞不渝，为世间留下了一个感人故事，一段千古佳话，一段爱情绝唱。现如今西安南郊当年的寒窑遗址，已被打造成曲江池遗址公园，每天慕名前来的游客络绎不绝，成了古城西安的热门景点。

　　荠荠菜经母亲的双手烹饪，变成香喷喷的荠荠菜饺子。香椿可做成凉菜或与鸡蛋同炒，还可制成干菜，放到蔬菜稀少的冬天吃，将是无比的美味。野苋菜、灰灰菜皆可焯熟拌面条吃，与蒜泥凉拌，老少皆宜。马苋菜平常食法有三种：一是焯熟与蒜泥凉拌，或用大铁勺炒熟拌面条；二是把菜切碎拌些面粉蒸成菜疙瘩，调好汤汁，如水围城，汤多椒红，吃起来滑筋辣爽，用关中话说："撩咋咧，美得太"；三是把菜切碎糅到面里去，蒸成菜馍或烙成菜锅盔，带着淡淡咸味的菜馍，吃起来格外筋道。无论哪种吃法都是关中老百姓的最爱。

　　除了野菜，树上的一些花叶也能成为美食。要想采摘树上的东西，需要具备爬树的本领。会爬树和能爬树是有区别的。会爬树练的是好功夫，爬起树来身手不凡，灵活如猴子，脚上和手上都有力量，才能保持平衡。而且攀爬的方法有讲究，是光着脚丫子，蹬着树干，手扒树枝，手脚并用协调配合爬上树的。能爬的不讲方法，上得了树就行。大部分都是用双腿夹着树干，这样腿内侧容易刮伤，火辣辣地痛。但为了采摘树上的吃食，也管不了那么多，会爬的能爬的都爬上树。树上采摘也有一定的危险，孩子一举一动都牵动地上大人的心。村中的槐树是长了几十年的大树，主干粗壮，枝繁叶茂，花洁白而香甜，引来成群结队的小蜜蜂嗡嗡地采蜜忙。一棵树上往往会爬上去四五个人，他们会抓紧时间，埋头苦干，互不影响。树下一群小孩或母亲辈、婆婆等人在树下摘捋，彼此不分你我，其乐融融。在我心中，槐花麦饭是当之无愧的美味佳肴。做槐花麦饭讲究采摘时间，从花开的状态来决定采摘的最佳时间。当花是一串洁白的花苞时不宜采摘，花未开槐花的香味没有释放出来，花开得太过香气消散殆尽，又会错过了最佳采摘期。最佳采摘期是花半开没有全开时。这时花儿保留了槐花的香甜和鲜嫩，也最容易拌上面粉。做麦饭时母亲每次都要把槐花洗干净，晾干水分，再与面粉反复揉搓，直到面粉均匀地与花互融，摊在篦子上蒸熟。熟后取出放在一个大盆里，母亲在最上面放些蒜泥和葱花，用大铁勺子烧些热油淋在上面，拌匀，麦饭的香气立刻飘满屋子，弥漫小院，继而越过树梢翻过院墙给左邻右舍打招呼，你拦是拦不住的。

香味太诱人了，我们几个馋得有些迫不及待，人手一只碗围着母亲咂嘴，快要流口水了。但是，这样淋热油拌麦饭的待遇一年只此一回，开个仪式罢了。那年代油金贵得很，每顿饭要计划着吃油。油淋一次麦饭，要用去全家相当于一个礼拜的油量呢。吃一次香喷喷的槐花麦饭，解个馋就满足了。在青黄不接的月份，各家的玉米面、白细面、杂粮所剩无几，各种麦饭就成了全家的口粮。对人们而言，这都是大地的恩赐，上苍的眷顾，植物的馈赠。听母亲讲，三年困难时期，花草树叶不知道挽救了多少人的生命。

餐中情

人活在世上每天都要吃饭，但从饭桌上吃出人生想法，悟出人生哲理，吃出幸福、快乐、关心和爱护来，那是一种怎样的心情呢？

母亲为我家掌勺已近四十年，无论是家常便饭还是节日的七碗八碟，都少不了母亲的辛劳。当可口的饭菜入口时，儿女想没想到这饭菜中饱含着母亲对儿女亲人多少的关心和爱护，蕴含着多少思念和牵挂？母亲做得一手好面，烙得一手好饼，蒸得一手好馒头，烧得一手好菜，我们几个都爱吃母亲做的饭菜。在缺粮少油的年头，母亲整天担心我们吃不饱饭影响长身体，每次吃饭都是我们碗里的面条多，而母亲碗里是清汤薄面。为了不让我们饿肚子，春季里母亲弄点槐花、白蒿什么的掺些面粉蒸成麦饭吃，麦饭吃起来津津有味还蛮有风味。母亲为了我们的成长操碎了心，同时也教会我们在困难中如何生存。现在经济发展了，物质条件好了，母亲又担心我们忙得吃不好。每次下班回家母亲都会做好可口的饭菜等着我们，看我们把饭桌上的饭菜一扫而光，母亲脸上就会露出满意的笑容。有时工作不顺心，心情不好，但回到家中吃上母亲做的饭菜，什么劳累、什么烦恼就都烟消云散了，紧张疲惫的身心得以放松。多少年来母亲养成了一个习惯，凡是好吃的东西都先给我们吃，自己从不多吃一口。母亲对我们情感真挚，她把我们的成长和事业看作自己生活的乐趣和目标，引导我们，呵护我们走过风雨，走过生活中的坎坷。

随着岁月的流逝，母亲头上布满银丝，皮肤失去了光泽，额头上留下岁月的痕迹。看着母亲的白发，我沉思默想，不禁热泪盈眶。当儿女事业得意时，母亲也神清气爽，精神抖擞；当儿女人生失意时，母亲给予鼓励，随之而来的是操不完的心，你喜她喜，你忧她愁。母亲把自己的情感都寄托在饭桌上，体现在每一道菜中。岁月淡化了许多记忆，风儿卷走许多往事，唯有母亲对儿女那无私的爱，永不消逝。忘不了饭桌上母亲做的菜，忘不了儿女迟迟不归时母亲倚窗眺盼的情景，忘不了许多的"忘不了"。

母亲给予我们的很多很多，我们在她的双翼下茁壮成长，在她的鼓励下面对困难勇闯难关，在她的呵护下日渐成熟。我们慢慢地长大了，母亲却慢慢地变老了。为回报母亲对我们的爱，我们只有努力工作，多做家务，使母亲晚年过得轻松而愉快。

甘于奉献的叶子

叶子的一生很短暂，但很充实，它让生命之花在有限的时间里绽放得绚丽多彩。

冬去春来，叶子悄悄吐新发芽，涂绿了山川，染碧了江河，激活了大地。那脆生生的绿哟，唤醒了冬眠的动物，催促着春的脚步，引来唱歌的小鸟，把春天装扮得娇柔明媚。

经过一个春天的成长，由翠绿变成深绿的叶子，更显得繁茂。白天，它为人们撑起一片绿荫，为汗流浃背的路人提供了天然的空调，也为孩子们辟出一块游戏的场所。同时在光合作用下，吸入二氧化碳，释放出氧气，成为大自然的制氧机。夜晚，叶子和风儿对话，成千上万片叶子吸收着空气中的有害颗粒，净化空气。当种树成林，亿万片叶子能防风固沙，减少自然灾害。

当人们的脸庞溢满丰收的喜悦时，叶子也倾尽自己的精力，把养分供给果实。果实熟了，叶子却变得憔悴枯黄。但此时的叶子别有一番韵味，看那山坳里，好像丰收的柿子挂满枝头，走近一瞧，原来是红红的柿叶。这一树树火红的叶子堪比枫叶的美，使乡村的秋色更加迷人。雁阵南飞，一阵秋风吹过，叶子已光荣地完成使命，在风的怀抱里打着转儿悠悠落下，谢去繁华，叶落归根，融入泥土，经风雨的催化酝酿又转为根的养料。

　　叶子是无私的。它甘愿做红花的陪衬，为树根、果实提供营养，替人们遮阳挡雨，即使全身腐烂，也要化作养料。它的一生虽然短暂，但满溢"奉献"精神。

　　对我家这棵大树而言，我能感受到母亲所付出的一切努力。母亲就像那片片叶子，为我们的成长输送养分，把风雨酷暑挡在外面，把责任困难扛在肩上，把奉献二字写在心底。

母亲的顶针

我五六岁时，发现母亲的右手中指上总戴着一个发亮的东西，感到很好奇。问了母亲，才知道那东西是母亲做针线活的好帮手，叫作顶针。

一天晚上，母亲做完针线活后，把顶针放在针线盒里，好奇心驱使我把顶针拿出来玩。第二天我又拿着顶针和小伙伴玩耍，结果三踢两滚的给弄丢了。回家后我的屁股上狠狠地挨了母亲几巴掌，后来才知道那是外婆给母亲的陪嫁品。因外公抽大烟败了家，母亲就开始帮助外婆给人家拆洗衣服做针线活，以此挣两个钱糊口。母亲针线活做得好，结婚时外婆送给母亲顶针，是希望母亲能自力更生，用勤劳的双手编织新生活。顶针是用上好的黄铜做的，母亲用了好多年，用得很是顺手，谁知不懂事的我竟把它给弄丢了。看着母亲伤心的样子，我怀着内疚的心情召集来小伙伴，在玩过的地方寻找，找了大半天，终于在长满杂草的一个小洞中找到了顶针。我飞快地跑回家，大声喊道："妈妈，找到了，找到了。"母亲伸开双臂抱着我问："屁股还疼不疼？"我高兴地说："不疼，不疼了。"

生活中小顶针有大作用。母亲随时把顶针戴在手上，下地干活休息时，母亲就纳鞋底；村里开会，母亲一边纳鞋底一边听政策。母亲白天干活，晚上纺线、织布，为我们兄妹几个缝衣做鞋，使我们在那个物质贫缺的年代，总是穿得干净整齐。即使家里日子好起来，有了收音机、缝纫机、自行车后，母亲还是顶针不离手，一有空就给我们纳鞋底做布鞋。

母亲用顶针做比喻，教育我们要学会在逆境中生存，克服困难，勇闯难关。母亲没有多少文化，但她的"顶针论"使我颇受教育。我明白了母亲为什么看重它，因为它蕴含着一种精神——在困难面前不屈不挠的进取精神。母亲的话激励着我，帮我迈过生活中的一道道坎。

时过境迁，我已从当初的小毛孩儿变成一位母亲。其间，我们搬过几次家，许多东西在不经意间遗失了，唯独母亲的顶针，辗转几百公里，从这方土地迁到那方土地，不曾遗失。去年，母亲的顶针又被我那淘气的孩子看见，当玩具玩，再次踢丢了。我心里有些难过，把儿子训斥一顿，说姥姥是用顶针给你做的老虎鞋子、兔兔鞋子，顶针是姥姥做针线活必不可少的工具，是姥姥做针线的好帮手，没了顶针就做不了这些东西了。但这次母亲没有生气，还劝我不要训孩子，也不让我去找，说只要孩子玩得高兴，丢就丢了吧。这枚顶针陪伴母亲五十多年了，是外婆送给母亲的特殊戒指，我知道，这枚特别的顶针将永远留在母亲心中。

母爱永恒

"慈母手中线，游子身上衣。临行密密缝，意恐迟迟归。谁言寸草心，报得三春晖。"这首诗，字里行间溢满了母亲对儿女的百般疼爱。每个人自从降生，就在母亲的呵护下成长，儿女的一举一动、一颦一笑，都牵动着母亲的心。母亲生命的主旋律就是"一切为了孩子"，儿女幸福她就快乐，儿女忧愁她就悲伤，母亲毫不吝惜地把爱倾注在儿女身上。记得我上初中时，有一次下大雨，我们几个路远的人无法回家，在教室里东张西望焦急等待，最终决定冒雨回家。刚冲到雨里，吵闹声中突然听到一个熟悉的声音喊我名字，循声望去，原来是母亲走四里多路来给我送伞了。我高兴极了，连忙接过母亲手中的伞。此时我才注意到母亲戴了一顶草帽，肩上披着一块雨布，衣裤已被雨水淋湿了。我让母亲同我共打一把伞，母亲推让说："这雨飘得厉害，你不要淋湿了，我是大人没事儿。"母亲宁愿自己淋湿，也要保护我不被雨水淋着，怕我生病。

我们在母亲的关爱下一天天长大，而母亲却日渐衰老。尽管我经常劝母亲不要操心太多，儿孙自有儿孙福，让她照顾好自己，养好身体，享享清福，但满头银发的母亲仍旧牵挂着我们，依然改不了爱操心的习惯，并把那无私的爱延续到我儿子身上。母亲操劳了一辈子，她对儿女的关爱，就像拧紧发条的闹钟，是无法停下来的，只顾往前走。

阳春三月的一天，天气晴朗，春风和煦，适合放风筝。于是，我带着儿子到郊外放风筝。儿子撒欢似地疯跑，看到风筝飞起来了，激动地叫我看。看着空中飘飞的风筝，我忽然想，母亲就是放风筝的人，而儿女就像那风筝，无论飞得多高飞得多远，始终能够感觉到安全和温暖。岁月可以改变山河，但改变不了母亲对儿女那种博大宽厚的爱。这爱还会随着岁月的推移变得越来越浓，越来越醇。

母爱深深，代代相传，它将超越时空，成为永恒。

过年

从古至今，过年是最隆重最有仪式感的节日，也是一年中最重要的节日。在日子清贫的年代，奔波劳作一年的人们，把美好的希望和对未来的期盼都寄托在过年。儿时的我最喜欢过年，因为过年有新衣服穿，还有许多好吃的东西。张罗过年的事情，最忙的人是母亲，要洗要涮，做吃做穿。当时间的脚步迈向腊月时，年味更浓了。

喝腊八粥拉开了过年的序幕，而过了腊月二十三，春节正式进入倒计时。孩子们开心地唱着："腊八粥喝几天，酿黄酒磨白面，二十三过小年，烙爷饼祭灶官，杀年猪做豆腐，做新衣理头发，办年货扫屋舍，蒸馍馍过油锅，贴窗花挂年画，贴对联挂红灯，美美地过年啰。"年关将至，家家都提前将筵席上的菜做成半成品，免得过年招待客人时手忙脚乱，没时间陪客人说话唠家常，怠慢了亲戚，失了礼数。

我家母亲是主帅，是最忙碌的人。要给我们做新衣，要给我们理发，要酿酒要蒸馍，要赶集办年货等，件件事情她都得亲手操办，我们都是她手下的小兵。因对美食和新衣有强烈的期待和向往，我们干活很卖力气，从中也体验到许多快乐。尤其扫屋舍，我们几个小兵功不可没。首先要找一种当地的白土，泡在水里变成糊糊，用沉淀的泥水刷墙，相当于粉刷墙的涂料，粉刷整日被烟熏火燎的厨房，效果显著，墙白了厨房也亮堂起来。再就是整理和清扫房子及院子的角角落落，该扔的扔，该收拾的收拾。母亲叮咛要仔仔细细地清扫，讲究的是除尘布新，除旧纳新，把旧一年的晦气霉运不顺心统统一扫而光，迎接来年的吉祥安康好运气。我们的劳动改变了居住环境，房间焕然一新，干净整洁，温馨舒适，人的心情也随之清爽愉悦起来。

长大后我对年前扫屋有了深层次的认识，悟出了其中的人生哲理。在人生的道路上，一年到头不光要扫屋舍，我们更要时刻清扫自己的心灵，把握好人生的重要关口。清扫心灵的意义，就像是给自己的人生适时地"盘点"，捋一捋这一年的成败得失，总结经验教训，什么该丢，什么该存。认认真真地把自己清扫一遍后，你会觉得一身轻松，头脑清醒，思路清晰，心情大好。在新的一年里，你就拥有了足够的精气神去为人生更美好的东西而努力奋斗。

我们最喜欢和母亲赶集办年货，充当母亲买年货的搬运工，从集市的东头转悠到集市的西头。在物品包罗万象、人头攒动、车水马龙的街市，跟随母亲挑选必需品，观察母亲和卖主讨价还价时所用的智慧，同时可以见识到许多新鲜的人和事。不知不觉中，太阳偏了西，我们拿着母亲采买的东西，满载而归。神情激动，心情美丽。大红纸、年画、门神、鞭炮、糖果是年节的必买品。回家后把红纸裁成写对联的尺寸，送到村里会写对联的人家里，排队等候写春联。大红纸还会用来剪窗花。每年窗花图案都是新颖的，从不剪往年贴过的样式。红红的窗花用造型向人们诉说着新一年的吉祥和祝福。

过年还有一个重头戏是杀年猪。

杀年猪的阵仗浩大，一天不止杀一只猪。村里有专业的杀猪手，手艺高超，无论多么健壮的大肥猪，都能一刀毙命。他们干的活是杀生的营生，怕自己身带煞气，对家人不利，所以每年在杀第一头年猪时，都要很虔诚地拜一拜，嘴里念念有词，祈求各路神仙保佑自己及家人。杀猪的场地一般选在村子里开阔的地方，架一口大锅，烧一锅滚烫的水用来烫猪毛。水快开的时候，猪会被四五个壮劳力五花大绑押赴刑场。猪歇斯底里地叫着，挣扎着，但这是它的宿命，是逃不掉的。人们在等待杀猪手把猪一刀毙命后，第一时间接新鲜猪血。猪血冷却后，切块煮熟就可食用。猪的毛可做刷子，猪皮可做皮鞋、包包，身上不同部位的肉被人们用不同的方法食用，卤炸煎炒蒸炖，没一丁点浪费，要不怎么说猪浑身都是宝。大人们忙着杀猪干活，小孩子则玩耍看热闹，争抢猪的尿脬，吹得像气球一样玩耍。有句俗语说：尿脬打人，臊气难闻。可小孩子只顾贪玩，也不嫌弃有尿骚味。

二十八蒸馍馍，要蒸全家人吃到正月十五以后的馍馍，因为当地有正月十五之前不擀面的习俗。过年蒸馍的亮点是要包好多种包子，有肉包、菜包、糖包、豆沙包、油包，还会蒸些花馍，有枣花牌牌馍和大花礼馍，是走亲戚相互回馈的礼物。枣花牌牌馍是长辈送给孩子的，是寄托了长辈祝福和吉祥的花馍。这一天最累的是母亲，像包包子这种细活我们做不来，帮不了母亲的忙，我们的角色是火头军，负责烧火。

二十九过油锅做蒸碗。过油锅的吃食很丰盛，有油炸花生、油炸麻花、油炸麻叶、油炸红薯条、炸油糕、炸豆腐、炸丸子、五颜六色的炸虾片等好吃的。这天当火头军的孩子有福利了，近水楼台先得月，可以趁母亲不注意，偷着尝个鲜。刚才尝了麻花，现又尝炸红薯，把嘴唇吃得油光锃亮，往往被眼尖的母亲发现。当然母亲也不会训斥谁，说全当犒劳孩子这些天的劳动表现。蒸碗是陕西关中传统的年味佳肴，肉烂不腻，香味浓郁，老少皆宜，更承载着对人们一年来辛勤劳作的回报。肉香在烟熏火燎中徘徊，游游荡荡地飘出小院，也勾出孩子们的馋虫来。想想梳背子蒸肉、小酥肉、粉蒸肉、碗碗肉、狮子头、黄焖鸡、甜盘子、梅菜扣肉，想得人直咂巴嘴。各家蒸的不大相同，各选自家拿手的做。

年三十早上，孩子们就张罗贴窗花、挂年画，给大门贴对联、贴门神、挂红灯笼。晚上，母亲把我们向往已久的新衣服拿出来，发给每个人。把糖果瓜子花生摆上。父亲忙着用毛笔在红纸上写牌位，摆放在桌子中间，请已过世的先祖回来过年。三十晚上，母亲还会在我家大门后边竖一根粗棍子来镇邪。这习俗叫守岁。母亲也会往锅里放些吃食，敬敬灶王爷，祈求灶王爷保佑一家人年年有余，不愁吃不愁穿。这习俗叫照锅。三十晚上家里彻夜灯火通明，家人团圆，一起守岁，守住家族来年的福运。大年初一，鸡叫头遍，孩子们穿上新衣，迫不及待地点燃一挂鞭炮，向新年打个招呼。开门大吉，驱走旧年的不如意，迎接新春的好福气。初一的饺子先要上供，敬过先祖，然后大家才能开始吃。正月里，晚上的乡村小巷被一盏盏会跑的红彤彤的灯笼照亮，这一盏盏灯映红了多少个家庭幸福的笑脸，点亮了多少个家庭新的一年的希望,一串串银铃般的笑声也圆了孩子们一年的盼望。

　　过年,在老家袅袅炊烟的召唤下,在亲情思念的牵挂中,在团圆的饭桌上,诸多的情感都化作美味佳肴,变成每个人心底最柔软的东西。吃罢,一碗玉米稠酒端在手,敬爹娘敬兄弟敬姐妹,一碗碗热酒下肚,喝到酣畅淋漓时,把这一年里心中的悲欢、不尽的思念絮絮叨叨地向亲人道来,把种种的不痛快放在稠酒里,倒进肚子里成为过往。在过年团聚的热闹愉快中,期盼幸福美好的新一年。

母亲花

北京，春天的玉渊潭公园，活力四射，春意盎然。杨柳枝婆娑，水中映倒影。湖水荡碧波，鸳鸯戏水中。百花竞开放，你谢我登场。晨练展风采，健身乐其中。无声的生命，有声的世界，奏响了玉渊潭最美的春之韵。

3月明艳的桃花，荡去冬日的沉闷；4月粉色的樱花，演绎了春的浪漫；而5月缤纷的鲁冰花，则被赋予母爱的色彩。鲁冰花总是在5月母亲节前后开放，人们称它为母亲花。2019年的春天，母亲花在玉渊潭公园首次大面积与大家相见。在这个多彩浪漫的季节，赏花思人，我不由得想起我的母亲。

今世能做母女，那是几世修来的机缘。

母亲喜欢花。儿时，母亲在给我改制的衣服上绣花，衣服就如同新的一样。春天母亲在田间劳作时，会带回一把春之花，插在罐头瓶里，简陋的屋子立刻明亮起来，散发出春的味道。自母亲离开我们去了另一个世界，回老家看母亲，尤其是在母亲节，我都会在母亲坟前放上一束康乃馨。今天又认识了一种象征母爱的花——鲁冰花，它的一生都在诠释化作春泥更护花的含义，也让我想起歌曲《鲁冰花》中唱的："夜夜想起妈妈的话，闪闪的泪光鲁冰花。天上的星星不说话，地上的娃娃想妈妈。天上的眼睛眨呀眨，妈妈的心呀鲁冰花。"世间所有的母亲是开在千家万户的鲁冰花，明艳芬芳了万户千家。

鲁冰花是从国外传入的。早在中国古代，就有一种萱草花被称为母亲花，又称忘忧草，表达了古人对母亲的敬爱和感恩。苏东坡为之作诗，曹植为之作颂，夏侯湛为之作赋，可见萱草花在古代的地位。萱草花有两种花语：第一种是永远爱你母亲，伟大的母爱，伟大的慈母；第二种是放下忧愁，忘却不愉快的事情。两种花语含有两个层面的意思：一是表达子女对母亲的爱戴；一是子女希望母亲不要为孩子们太过劳累，要开心快乐地生活。古时游子远行，不比现代交通便捷，出门一趟几个月、几年或几十年都回不了家，难见上母亲一面，彼此的思念和牵挂撕扯着母子的心，因此古人出门前都有在北堂种萱草的习惯，希望母亲减轻对孩子的思念。《诗经疏》有："北堂幽暗，可以种萱。"孟郊的《游子》："萱草生堂阶，游子行天涯。慈亲倚堂门，不见萱草花。"相传汉代名将李陵与名臣苏武的赠答诗："亲人随风散，历历如流星。……愿得萱草枝，以解饥渴情。"还有许多写萱草的诗、以萱草为题材的画。古时把母亲居住的地方叫萱堂，就是表达对母亲的尊敬和爱戴。萱草有几百个品种，属百合科，在我国有几千年的栽培历史。萱草花称为母亲花，更符合我们的文化习俗。

母亲生逢乱世，但不幸中的万幸是，我的家乡地处中国腹地陕西关中，日本步兵被我军借助潼关天堑锁住，未曾踏入陕西半步。母亲的婚姻是父母之命，由不得自己。那个时代，女孩子被一种无形力量左右着往前走，最终宿命是被推到一个未曾谋面的陌生人身边。双方不得不向责任妥协，向命运妥协，向世俗低头，结婚生子。他们在柴米油盐中慢慢恋爱，学会经营家庭，教育子女，夫妻相处。彼此互相包容理解，用时间证明婚姻是否幸福，来回答父母决定的对错，形成先结婚后恋爱的婚姻模式，然后，相濡以沫一辈子。

母亲说女人是花，瓣瓣为别人而明艳，没有一瓣是自己的。晚年的母亲也想为自己明艳一回。一天母亲对我说了她的想法，说等把孙子看到上幼儿园了，她就和爸爸回老家去生活，订一些报纸、杂志，放上几本孩子爱看的书，买几副象棋、跳棋、扑克牌等，让乡亲们有个娱乐的地方，自己也不会孤单，过上一段自由自在的日子。但母亲的心愿未能实现，没能回老家享受一段清闲时光，而是为我们一大家子操劳到最后，无可奈何地离去了。母亲这盏灯熄灭了，母亲的心愿也被带走了。母亲走了，我伤心难过，但日子还是要过的，忙忙碌碌地上班，陪孩子上课外班，匆匆忙忙地去开家长会，回老家看母亲的坟茔，时间就在忙碌中从指尖溜走，一晃十年过去了。

有了闲暇，母亲的心愿总会在我的脑海盘旋。想想儿童时期的我生活在农村，当时全国各地人们的生活条件都差一些，老百姓为一日三餐奔忙，孩子可玩的东西不多，令孩子高兴的是能听评书和看小人书，孩子们如获至宝的小人书，伴随着童年的美好时光。收音机是大伙了解外面世界的一扇窗。有时村子放一场露天电影，全村人高兴得跟过年似的。我上了高中，才有幸看到课本以外的书籍，我看到的第一本课外书是路遥写的《平凡的世界》。这本书写得那么贴近生活，仿佛故事里边有自己熟悉的人和事。课外读物在乡村是难见其容颜的，即使现在，老家的文化娱乐设施也很有限。我被一种无形的力量推着，觉得是下决心完成母亲心愿的时候了，尽我所能吧。我要让老家的村里有一间书屋，有一个能让孩子阅读课外书籍的空间，有能让大人孩子娱乐的场所，有一个进行交流学习竞赛的场地，让知识成为孩子看向外面世界的眼睛，让书成为孩子们快乐成长的人生导师，让书成为相伴孩子们左右的知心朋友。我觉得这是一件有意义的事，是值得我尽力做好的一件事。我能想象这条路上困难重重，坎坷难行。

　　让我来构想一下如何画好这张蓝图。首先要在村里给孩子辟出一块活动的场地。以前，碾麦场是孩子们的乐园。现如今机械代替人力劳作，收割机直接出麦粒，碾麦场无用武之地，孩子们的活动场地就渐渐消失了。没有奔跑的脚步，孩子快乐的童年无处安放，少了许多趣事。书屋是核心，以此为载体，为孩子们组织一些学习比赛，同时也可为提高农民文化素质，进行政策学习、法律宣讲，组织一些赛事，如象棋赛、书法赛、讲好人好故事比赛等，来丰富大伙的生活。最重要的是为孩子们创造一个学习环境，提高升学率，让文化知识成为改变他们命运的一把钥匙；让村民成为学习型、知识型、时代型的新型农民，有了知识才有能力建设好新农村。点亮母亲想为自己明艳一回的那瓣花，这是我送给母亲最美的母亲花。

麦黄时节

什么时候种植什么样的农作物，什么时节果树开什么花，什么季节收什么样的庄稼，这些对农民来讲是必备的劳动知识。我们的祖先很有智慧，很早就从长期的劳动实践中总结出二十四节气，用于指导农业生产。同时还编创了二十四节气歌，并且不是一首歌，而是依据南北气候不同，农作物生长成熟时间不同编创的，每首歌都是因地制宜地反映当地情况。

陕西关中地区，芒种前后麦子熟，龙口夺食抢时间，小暑进入三伏天，玉米中耕又培土，防雨防火莫等闲。小麦作为关中人的主要粮食作物，在经历了冬雪的覆盖、春雨的滋润后，旺苗抽节，长势极好。田野里满眼的绿色大片大片地铺展开来，绿野里偶有粉色的桃花杏花散落其间，鸟儿在欢叫，春光无限好。转眼之间，那一田田的绿色换了黄色的装，大地麦浪涌动，诱人的麦香阵阵扑鼻，麦黄时节来临了。农人们盼了一年的好收成，龙口夺食在即，一系列紧张忙碌的农事劳作即将鸣锣开张。

为了这喜人的丰收时刻，人们早在清明过后就开始张罗，抓住下雨时间，收拾重要的农事活动场所——麦场。碾压麦场这是一门看似简单，实则藏有大智慧的活。清明过后雨水增多，每一场雨后地面半干半湿时在场面撒上灶灰，用碌碡一遍一遍地碾轧，直到麦黄时节，麦场被轧得像一面大镜子平整而光滑，光脚丫走在上面舒服极了。

生产队实行集体劳作，收麦时大人们忙着割麦子、运送麦捆、碾场等农活，各司其职地忙碌着。孩子们则忙着在麦垛间捉迷藏、打仗、"捉汉奸"，玩得不亦乐乎。十一届三中全会后，为解放劳动生产力，调动大家的劳动积极性，1978年后神州大地开始实施分田到户的政策，改革之风从土地开始，麦黄时节，学校放忙假，孩子也参加劳动。分田到户的前五年，麦黄时节，母亲既高兴又惆怅，压力很大，担心麦子被风吹雨打散在地里不能及时收回，或者捂在碾麦场没及时出粒。因我家缺少劳动力，只有母亲和爷爷是割麦能手，爸爸在外上班，收庄稼是个外行，我们年纪尚小，不会用镰刀，只能干干跑腿的事。第一年，母亲带着家人在田地里收割麦子，跑腿运送麦捆是几个哥哥爱干的事，往田地送水送饭的差事就落在刚满十岁的我的肩上。母亲会提前蒸好馒头，备好菜，到了中午饭点我把馒头馏热，同菜放到篮子里，用瓦罐盛好热稀饭。送饭之前我要先喂了家里的猪和鸡，饭送到后我要留在地里干些力所能及的活。我人小力气小，一路要歇好几次才能把饭菜送到地里。捆麦子是我能干好的活，大人们在前面只负责割倒麦子，我在后面配合捆麦子，这样收麦子的速度会提快。有时也给哥哥们装车，哥哥们跑腿运送也不含糊，装车运车卸车一趟一趟地来回跑。跑得满头大汗，跑得小腿发软，实在跑不动了会坐在车上稍事休息，缓缓力气擦擦汗，咬咬牙继续跑趟。像这样龙口夺食全家集体劳动，也是有分工的，各尽其能，谁也不能误工掉队，生怕耽误抢收时间和进度。一家人埋头苦干，不知不觉间太阳西沉，鸟儿归巢。再次伸腰抬头，天空已是繁星闪烁，地上人们点亮的马灯汇成了闪闪的星星。我看着星光下摇曳的麦秆，埋头弯腰干活的父母和爷爷，偶尔伸伸腰，背影长长的，晃动着映在金色的麦浪中。微风送来丝丝凉意，比起燥热的白天，这个时间段更适合收割麦子，最出活，这是母亲的经验之谈。

庄户人家过日子，勤劳是必不可少的，母亲为了养育我们日复一日地操劳。跟着母亲劳动，也让我们几个孩子从小在劳动中学会了担当，学会了坚持，学会了自立，懂得了生活的艰辛，更让我们明白生活不是等靠要，而是跑争干，从古到今不变的真理就是：幸福生活都是靠奋斗得来的。

麦子从地里收割完成运送到碾麦场，仍然不能放慢劳动节奏，还要一鼓作气，拿下碾场的一系列活。这是一个令人兴奋的劳动环节，出麦粒的关键环节，也是劳动强度比较大的一个环节，要经过摊场、碾场、翻场、起场、扬场一系列的劳动。尤其是起场是大老爷们干的活，就是经过百次千次的上举动作把脱完麦粒的麦秆堆积起来，堆得越来越高，最后形成一堆堆小山包。扬场也是体力活，用锨把麦粒高高抛扬在空中，让风吹走麦糠，沉沉的麦粒垂直落下，有人配合用扫帚把麦糠扫得更远些。扬场是个磨人的活，有时一切准备好了只欠东风，没风就没办法扬场，靠天吃饭的农民只能等风自己来。这将是一个无眠之夜，白天碾场的麦粒无论如何当天晚上都要扬出来。一家人守在麦堆旁，累了困了就在席子上眯一会，风来了就干活，风停了就歇一歇。家里男劳力少，母亲巾帼不让须眉，和爷爷爸爸三人车轮战换着休息。扬完后麦子基本上干净了，再趁着好天气晒上五六天，就可入仓，这时一家人悬着的心才松了下来。最让我感动的是邻里间的互相帮助。各家麦子成熟的时间不一致，有的早有的晚，干完早的会帮晚的，彼此间很热心很贴心。

麦收时节的夏忙劳动景象，只是农民们分田到户奔向好日子的一个窗口，忙碌的田野上展现在人们眼前的是丰收的喜悦和奔向新生活的有力步伐。夏忙调动了家庭中每一个人的劳动积极性，连平日里贪玩的孩子们也知道抢收麦子为家里出把力气。为表达收获的喜悦心情，农人们有自己的节日：忙罢节。是用新收的麦子蒸成一种曲连馍，互相馈赠，互相走动，庆祝丰收，感谢上天恩赐的丰收年。

随着社会进步，机械化作业进入田间地头，减轻了农民的劳动强度，提高了劳动效率。脱粒机的出现，缩短了龙口夺食的时间，解放了生产力，把摊场、翻场、碾场、扬场一体化完成，只需要把麦秆集成小山丘就行。新时代的麦黄时节，收割机大显身手，效率是人工的几十倍。只要是平整的麦田，一台收割机在麦浪里转上几圈，麦粒直接装袋子，麦秆粉碎还田成肥，解放了上亿劳动人民的双手，人们不用再担心无风没办法扬场了。有了机器的帮助，清闲一点的农民会进城务工增加收入，在城市搞基础建设。现在回想起来，那时尚且年轻的母亲，收割麦子时也是拼命三郎，女人干的活她干，男人干的活她也干。手上伤口不断，手掌上的老茧也更厚更硬了；脸被太阳烘烤得又红又黑，胳膊脖子腿被太

　　阳晒得印痕分明，有时我能看见她眼睛里有血丝。也许母亲的肢体已经很累了，但信念和强大的心支撑着她，直到把麦子平平安安地入库归仓。

母亲和她的孙子们

母亲把我们几个含辛茹苦地养大，如今我们都各自成家，有了自己的孩子，可母亲还是没有让自己奔波的脚步停下来，而是做好了重新出发的准备——带孙子。这和带我们成长是一样的，很辛苦，很劳心。母亲看着一个个小不点从蹒跚学步、牙牙学语，长到活泼淘气逗她开心，似乎非常享受含饴弄孙的乐趣。母亲是个闲不住的人，有事干生活才会感到充实，吃饭香睡觉酣。

母亲在繁忙中迎来了大孙女露露的出生。当时母亲正忙着给大哥修建房子，是披红上梁的日子，一大群前来帮忙的乡亲要母亲招呼吃喝，谁能想到百忙中家中添丁，可谓双喜临门。孙女庆庆是母亲接生的。20世纪90年代初，因是春节放假，在寒冷的冬夜零点到医院叫门，大门怎么也叫不开，只好回家，没有其他办法，母亲只好自己接生。之后，这个小不点也给母亲带来了许多快乐。童年的庆庆爱看《还珠格格》和《西游记》等电视剧，学孙悟空的扮相，把枕巾披在身上当斗篷，把金霉素眼药膏涂在上眼皮，亮晶晶的，把手搭在眼睛上，眼睛一眨一眨的，再把左腿搭在右腿膝盖上作金鸡独立的姿势，说自己是孙悟空火眼金睛。有时不知从哪里找来的细木棍，拿在手上比画着，在床上蹦蹦跳跳，惹得母亲又好气又好笑。母亲担心她在床上蹦跳踩空摔下来，金霉素用多了伤到眼睛，就训斥庆庆不让她这样做。庆庆爱臭美，爱照相，还要戴上大人的墨镜摆造型。调皮捣蛋，没一点小女孩的乖巧，全然是个假小子，母亲说跟小时候的我一个样。庆庆小嘴生甜，说奶奶带她辛苦，等她长大挣钱了，给奶奶买好吃的，给奶奶买漂亮裙子穿。别人逗庆庆问给她买不买裙子，庆庆说自己的钱只够给奶奶买。

庆庆还是母亲的情报员。我谈对象时，对象来我家，庆庆就听我俩说话，然后报告给母亲。我有时要换衣服出去约会，庆庆也想让我带着她出去玩。母亲与我都要和庆庆斗智斗勇地周旋，用上三十六计才得以脱身出去，每次约会搞得跟地下党接头似的，害得我每次迟到，好在对象包容和理解。现在提起这件事来，庆庆不好意思地说："我当时还是个小电灯泡呢。"

有一次庆庆上完厕所问她爷爷在哪拉灯（关灯），当时爷爷在看新闻，美国人在阿富汗找拉登，就说拉登（拉灯）在阿富汗。爷爷的回答惹笑了一家人。庆庆听了一头雾水，那时是拉灯绳关灯，不是按的开关。母亲说："老头子你是想考大学呢还是想当总理呢，两耳不闻窗外事，整天眼里只有看不完的新闻，衣来伸手饭来张口。"在爷孙之间像这样有趣的一问一答还有许多，这答非所问的回答，惹得我们时常捂着肚子笑，也给我们带来轻松快乐的家庭氛围。因父亲是个严肃的人，打小的印象中父亲的话极少，不会和人开玩笑，却没想到他还是个冷笑话高手呢。每每惹笑了我们，他仍一脸严肃地干自己的事。

　　我家小不点的出生也给母亲带来几多欢与愁，担心初为人母的我照顾不好孩子，在我怀孕时母亲就着手准备小孩子的衣服，缝制棉衣棉鞋。现在我还保存有未穿的棉衣和棉鞋，是儿子长个太快没穿就小了。儿子上幼儿园后学的儿歌最喜欢给姥姥唱，逗姥姥开心，得到姥姥的表扬，儿子会很高兴，表演会更投入而且还会改词："奶奶（姥姥）年纪大呀，嘴里缺了牙，我给姥姥端凳子呀，姥姥姥姥快坐下。爷爷（姥爷）年纪大呀，我给姥爷端杯茶呀，姥爷姥爷笑哈哈。"儿子在给我婆婆说的时候是用奶奶爷爷，在给我母亲说时就用姥姥姥爷。上幼儿园大班时儿子喜欢上看门面房的门匾名，学认字。家属区临街门店，儿子一家一家地学记名字，没几天竟能准确地说出好几家店面的名字。儿子每学会新的知识，很乐意与姥姥分享，得到姥姥的赞扬和肯定之后，小脸会流露出眉飞色舞的满足感。

　　2003年非典时，我要求儿子勤洗手，勤洗脸，要搞好个人卫生，学会保护自己。小家伙做得不错，还监督奶奶姥姥也要勤洗手，勤洗脸。有一次母亲来我家，儿子自告奋勇要领姥姥出去吃豆腐脑，说那家的好吃，他掏钱请姥姥吃，他有压岁钱。得到姥姥同意后，小家伙只顾高兴却忘了带钱就出去了。吃完饭小家伙才发现没拿钱，可巧母亲换了外套，身上也没带钱。小家伙让母亲在店里等他拿钱，说他认得这家店名。

　　上小学三年级时四川发生地震，儿子在班主任李育老师的指导下写了一篇文章，在《陕西工人报》上发表，这时母亲已去世八个月了。儿子想与姥姥分享喜悦，很伤感地说姥姥再也听不到了。为了不让孩子失望，我建议他对着姥姥的相片读文章，说姥姥会听到的，会为他写的好文章而高兴的。儿子对着姥姥的相片，认真地字正腔圆读地起了他的文章：

手拉手关心灾区小朋友

假如我会七十二变

焦一程

亲爱的小朋友，你们最羡慕谁？一定是本领非凡的齐天大圣——孙悟空吧！我也羡慕孙悟空，羡慕他的七十二变。

假如我会七十二变，那么，生活将充满神奇的色彩。假如我是孙悟空，我会七十二变，当四川发生地震时，我会翻一个筋斗，第一时间到达灾区说一声："起！"倒塌的房屋碎片就会升起，把压在碎石下面的人救出来，护送这些人脱离危险到安全的地方。

假如我会七十二变，我会吹一口气变出许多帐篷给孩子们住。我会大显身手，变出许多食物、饮料、生活用品。让他们过得舒服些。我还会变出一些学习用品给灾区的小朋友，让他们有书读，无忧无虑地生活。

儿童节快到了，我要给灾区的小朋友们变出一些礼物和贺卡，贺卡里写上我们庆华小学全体师生的祝福："不要哭泣、不要害怕、不要放弃；要勇敢、要坚强、要勇往直前！我们的心永远和你们在一起，加油，四川的小朋友们！"

2008 年 5 月 28 日

　　在我与母亲相处的日子里，在儿子与我相处的日子里，在孙子们与母亲相处的日子里，我慢慢悟出一些教子的道理。父母也是孩子最好的老师，要让孩子从小养成良好的习惯，父母要以身作则，起带头作用。孩子就是一张白纸，想让孩子成长为什么样的人，父母首先要是什么样的人。家庭教育对一个人成长的潜移默化的影响不可小觑。孩子那明亮清澈的眼睛，对五彩缤纷的世界充满好奇，对什么东西都感兴趣。但孩子辨别是非的能力还不够，需要父母的耐心引导。孩子做得不好时，父母应让孩子明白事情的对错以及如何去解决问题。不要轻易地训斥孩子，伤了孩子的自尊心，继而让孩子失去自信心。让孩子多做一些力所能及的事，从小培养独立自主的好习惯，为孩子创造一个自由宽松的成长空间，使他们像花儿一样争相绽放，像鸟儿一样勇敢飞翔，像鱼儿一样畅快遨游。这样，才能使孩子的心智得到健康发展，身体强壮，思维敏捷，快乐成长。

第二辑　童趣之乐

求学的日子

无论环境好坏，学习本身就是一场心灵的修行。顺境让我们学会珍惜，逆境让我们得到历练。

我是在比较困难的大环境下上的学。20世纪六七十年代教育环境相对差一些，校舍简陋，物资匮乏。我一年级是在本村上的，因为小学离我们村子有二里多路，上面考虑一年级孩子小，所以照顾就近上学。村里把一间关帝庙改成学堂，没有窗户，只有一扇门，课桌是用水泥做的台子，凳子和煤油灯或蜡烛是学生自带。学堂只有一位老师，是一位不到二十岁的男老师，姓薛，他包揽了全部课程。课间学生就在空地上跳绳、踢毽子、抓石子、跳房子、滚铁环等，上体育课也是这么玩的。虽然条件艰苦，但阻挡不了一双双渴求知识的眼睛和一双双奔向学堂的脚丫。

冬天的早晨，同学们点着煤油灯在学堂晨读，琅琅的读书声唤醒了晨雾中的小村，寂静的村子欢腾起来，孩子们银铃般的笑声飞上树梢，落在村民的脸上，有节奏的读书声，飘进农家小院，和着鸡鸣犬吠，使小村别有一番书香韵味。农闲时村民们就坐在学堂旁看孩子们读书，拉家常。这时孩子们读书是最用心的，想在家人面前好好表现，得到家人和村人的赞扬。

二年级到中心小学学习，路程远了。这条路我来来回回走了四年，不知用双脚丈量了多少里路，磨坏了多少双手工布鞋，雨雪天不知摔了多少个跟头，但求知的脚步未曾停过，同样这条路上也洒满了求知的快乐。记得二年级开学不久，下雨天小路崎岖泥泞，行走艰难，雨鞋有时陷在泥里，我已经很努力地在走，哥哥还是使劲催，因为要赶时间上学。我只能默默地流着眼泪拽紧他的手，拼尽力气往前走。冬季下雪天是我们得意撒欢的时候，放学路上打雪仗、滚雪球、滑雪、堆雪人。喊声震落了树上的雪，惊飞了麻雀。我们玩得正高兴，路面和麦田有约两米的落差形成的雪窖，有谁滑进去，突然看不到人了，大伙赶紧去救，七手八脚地在雪堆找人。其实不找自己也能爬出来，救人体现了玩伴间的友情和乐趣。

春天上学路上一路美景。绿油油的麦苗如天然的大绿毯铺在田间，其间散落着三两棵开花的桃树杏树。4月黄灿灿的油菜花一片一片地开了，像镶在绿色麦毯上的黄锦旗，引来蜜蜂和蝴蝶两位造访者。哪儿有豌豆花的足迹，都逃不过我们的眼睛，那是我们以后要光顾的地方。春风拂面，阳光明媚，空气清新，小鸟欢叫，多么迷人的春天啊，这时的我们觉得读书也是件很幸福的事。写作文时造句也莫名其妙地变精彩了，数学应用题也没那么难解了，自己似乎得高人指点一夜间变聪明了。小学五年级的语文老师是家族的一位父辈，在春天表扬了我的一篇作文《劳动》，使我喜欢上了写作文。他写得一手好毛笔字，还能在墙上写半人高的美术字，很令我佩服。赶巧初二的语文老师是家族的一位爷爷辈，也在春天的一个早晨在班里读了我的作文《一场篮球赛》。他懂乐器，能唱好听的歌，是我班的音乐老师。我们村子不大，但村里老师很多，有十名左右，有小学老师、乡中学老师、县城中小学老师，有一位老师最后干到县教育局副局长。

立夏后是我们大显身手的时候，我们成了村里的小捣蛋鬼，人们对我们这群孩子讨厌至极又无可奈何。真是少年不知愁滋味，天大地大任意疯狂。这是每家孩子成长的快乐，却是每个家长的烦恼，他们担心孩子惹是生非，又担心孩子受伤害，但又无法掌控孩子玩耍的去向。我们每次出门，母亲都千叮咛万嘱咐玩耍注意安全，不能干出格的事。

哪儿有豌豆早在春暖花开时我们已侦察好了，放学后直奔目标，留两个胆小的放风，七八个胆大的跑到地中间摘豌豆角，男孩女孩都有，摘满书包就撤退。有一次主人来看地，我们被碰个正着，放风的大声喊"有情况，撤退"，我们立刻从地里跑出来，拼命跑远集合清点人数，结果发现少一个放风的小孩，我们又悄悄摸回去看情况，只见小孩领着主人往我们村子方向走。最后，我们每个人都被家长训斥了一顿，家长给人家说尽好话赔尽笑脸。原来，那放风的小孩吓得腿软了，迈不动脚，就被逮了个正着。

有一次想摘人家杏子，杏树长在窑洞上面，有动静人家就知道了。于是先派一个人去观察，看看院子里的情况，看家里有人没有。刚好一家人要到地里劳动，待人走远了，我们就行动。两个小孩刚爬上树，说话声吵到了看家的大黄狗。我们想着院门闭着不怕，谁知狗扒开门就往窑洞上面跑，边跑边叫，吓得树下人四散逃命，树上两个抱紧树干下不来。

狗围着树转，转着转着趴在树下不走了。相持一个多小时，我们求助狗的邻居把狗引回去，树上两个才得以脱身，幸好没有人被狗咬伤。真是一次难忘的历险记。至今我看到又大又肥的狗就怕，希望离它越远越好。

初中离家更远，单趟四十分钟左右的脚程，冬天摸着黑上学。有一次小闹钟坏了，我看月亮很亮，就赶紧起床，然后叫同学一起上学。他们才起床，我怕迟到就一个人先走。明月当空，田野寂静，我只身孤影沿着沟边小路小跑，苍茫天地间只有我一人在动，心里害怕极了，希望快些到学校。到了学校，大门紧闭，只好坐在墙角等，心脏跳得更乱，一阵后怕。过了两天，村子里一户人家的小猪被狼咬死了，这事件惊动了整个村子。母亲问我前两天上学的情形，比我更后怕更担心。一个冬天，整个村子都处于戒备状态。上小学的孩子结帮早晚有家长护送，中学生结帮女孩跟着男孩，男孩手拿木棍防身，提心吊胆地度过了冬天。随着春节来临，白天慢慢变长，大伙悬着的心才放了下来，狼出没的事件也才慢慢平息。

高中住校背馍睡大通铺。宿舍冬天寒冷，夏天虫叮。吃饭是自带干粮，校食堂提供稀饭，一般是大锅熬苞谷粥。冬天馍冻得像砖头一样硬，夏天馍长白毛发霉。买稀饭排长队人挤人，女生根本挤不到打饭窗口，有时为买饭男生还打架。背好一些的花卷馍或锅盔会被人调包，用罐头瓶带一些腌菜或油泼辣子会被人悄悄吃掉。放假一不小心被子让别人拿回了家。面对这些现象，我很无助。

在乡村读书和讨生活，人们偏向于讨生活。娃娃念完小学，不读初中的大有人在。但无论日子再难，母亲都坚持让我们读书，所以我们兄妹四人都念完了高中，小弟上了技校。但愧对母亲的是，没一人考上大学，皆因英语太差而落榜。很感念高中生活对我心智的启迪和意志的磨炼，使我受用一生。参加工作后我更加珍惜学习机会，珍惜单位的各种学习，并自修拿到大专文凭，我希望通过不断学习使自己越来越优秀，以宽慰母亲之心。

在当时，学习偏科，尤其是英语较差，是学校普遍现象。虽然条件简陋，但是谁也不想虚度年华，让青春褪色，人生贵在穷且益坚，志存高远；人要有梦想，积极向上，不轻言放弃。

很多同学扬长避短，英文学不懂学国文，使当时校园文学风盛行。我们从一部部经典的书籍中汲取精华和养料，使其成为我们生命中的一座座灯塔，指明我们航行的方向。四大名著《三国演义》《水浒传》《红楼梦》《西游记》几乎是人人必看，世界名著也是争相传阅，如《巴黎圣母院》《红与黑》《悲惨世界》《钢铁是怎样炼成的》《战争与和平》《傲慢与偏见》《呼啸山庄》《鲁滨孙漂流记》等。女孩迷恋琼瑶小说，男孩追看金庸著作。晚上熄灯后在被窝用手电筒看，上英语课偷着看，人人都像着了魔一样，似乎全校学生的志向和理想都是做文艺青年，用自己的笔向世界呼吁美好和光明，揭露社会的丑陋和阴暗。这种严重偏科现象决定了高考注定失败。

就像《老人与海》中圣地亚哥老人的经典台词：一个人可以被毁灭，但不可以被打败。我从求学这一过程中收获了一种信念：生命不息，奋斗不止。优秀的书籍是智慧的钥匙，人生的导师，心灵的窗口。假如生活里没有书籍，就好像大地没有阳光；假如智慧里没有书籍，就好像鸟儿没有翅膀；假如梦想里没有书籍，就好像伟大的理想失去了方向。学习新知识犹如我们在源源不断地汲取营养，使自己更强大，不断地进取学习，总会遇见未来更好的自己。

童趣之男

每个时代有每个时代的印迹。20世纪七八十年代的孩子，童年印迹是具有时代特征的手工玩具。这些玩具最大的特点是不受使用场地的制约，随时随地都可以拉开阵势玩耍，简单、方便、最关键的是玩具是孩子们自己动手制作而成，凝聚了孩子们的智慧，融入了孩子们的汗水和心血，赋予了时代的质感。

现在的孩子丰衣足食，吃喝不愁应有尽有，是极其幸福的，但孩子也越来越骄纵任性，缺少逆境成长的磨炼。不过他们也有这个时代的烦恼，做不完的作业，上不完的课外补习班，童年的快乐自由时光少之又少，被不能输在起跑线上的思想奴役了。相比之下，20世纪七八十年代孩子的童年是多姿多彩的。

那时大人们为生计忙碌，没有多余的精力去管孩子们课余时间在干什么。孩子们除了做农活，还热衷于制作玩具，男孩喜欢做木头枪、口哨、风车和捏泥人泥马，尤其钟爱弹弓、铁环、链子枪。

男孩子最喜欢的三样玩具中，铁环的制作是最费力气的。先要把八号铁丝放在火上烧热烧红，用钳子夹着，制作直径适中的铁圈。要制作一个用起来顺手的铁钩也不容易，玩起来也是讲究方法和技巧的。右手握钩左手拿环，环扔地上的一瞬间铁钩要衔住铁环并用力向前推，才能让铁环滚动起来，步伐也要跟上节奏。调头拐弯也是一个绝活，手眼步伐一样没配合好，就会环钩分离，铁环就会像一匹脱缰的野马，不受控制。

碾麦场是孩子们滚铁环的赛场，他们比赛看谁滚得好滚得快。一排五六个选手，脚蹬手工布鞋，留着茶壶盖嘎子头，或高矮或胖瘦，摩拳擦掌等待出发。待一声号令，顿听铁环刺啦啦响，环滚脚步疾，人过黄土扬。围观的小伙伴个个瞪圆了眼，抻长了脖子，喊破了嗓子加油助威。选手们个个都是小倔驴，是不会轻易认输的，要比好几场来决胜负。几个来回跑下来，已是身子发热额头冒汗了。他们整天风里来土里去疯玩，天高地阔无羁绊，就把身体锻炼皮实了，很少生病。这种玩具既简单又能健身，还收获了友谊和童趣。

弹弓相对好制作些。先要用细一些的铁丝制作成一定形状的手柄，再固定上有一定宽度的橡皮筋，子弹是用泥土捏成的大小均匀的泥丸，晒干，装备就全了。但要找到既结实又有宽度的橡皮筋，可是件头痛的事。

平日里闲来无事，男孩子三五成群，手持弹弓，寻找猎物。关中常见的鸟儿喜鹊、斑鸠、麻雀谁会被选上呢？可怜的麻雀遭殃的次数比较多。孩子们在打鸟时，进行技术比赛，看谁打得准，往往技艺高强的人最有话语权，一呼百应。打下的麻雀烤着吃，鸟身上一丁点瘦肉也能让他们吃得津津有味。果子成熟的季节，神通广大的孩儿们会祸害别人家的桃子、杏子、柿子、枣，用弹弓打下来吃。孩子们着迷烧烤，烤玉米、红薯、野兔。凡是能吃的东西都会被孩子动手做成美味，在吃野味上个个都是大拿。吃饱喝足各自回家，灰头土脸往往会招来家长的一顿训斥。在缺少吃穿的条件下，自己动手改善一下伙食见一点肉星是令孩子们高兴的事，甚至能让他们回味好几天呢。这种欢喜和兴奋的感觉是现在衣食无忧的孩子无法体会到的。他们还会用另外一种方法捕捉麻雀——用筛子扣，这种方法只适合下雪了在自家院子玩耍。

　　链子枪也不好制作。首先要有自行车链子，那时的自行车是贵重家产，稀罕物件，车链子更是难寻之物。有的孩子在废品站转悠，寻找可用的链子。有的孩子胆子大点，趁大人不在家把自家自行车的链子卸下来，结果会遭到一顿暴打。有的孩子眼睛盯上别人家的自行车，就会去搞破坏，总是气得主人咬牙切齿："别让我逮到，小兔崽子，不然打断你们的狗腿。"有的孩子得到战利品就会在不远处藏起来看主人的反应。听到骂自己，看着车主很生气的样子，还捂着嘴巴偷笑，当然也知道自己不对。材料准备齐全开始安装。孩子会开动脑筋巧手制作，不求助于大人，小一点的孩子需要大一点的孩子帮助完成。

　　那个年代的孩子自主积极地完成自己心目中的手工课，而且做出来的物件精致、美观，一把把链子枪、木头枪、折纸枪就是一件件精美的工艺品，包含着孩子的智慧和创造力，也折射出那个年代孩子们的童年生活。即使生活条件差，孩子们也会用智慧创造快乐，用眼睛发现属于他们的童趣，用热爱生活的激情点燃快乐的种子。这一件件玩具是生命中跳动的音符，是他们心中的主旋律，是他们的心肝宝贝。

童趣之女

　　手工剪窗花、编麦斗、折纸，尤其是玩沙包、踢毽子、跳皮筋、跳绳，这些是女孩子的最爱。

　　女孩最拿手的是缝制沙包。从小就学着做的女红活计，提升了她们的动手能力。缝沙包看着简单，实际上要缝得方方正正，还真不容易。首先，要把六块布裁成大小一样，用四块布缝成正方体的侧面，再缝上下底面，在一个棱留个小口，把填充物放进去。填充物可以是玉米、豆类、小麦壳等，哪种填充物最好用，她们心里最清楚。初学的时候手被针扎过，扎的次数多了，眼泪就不听话地流出来。生气自己缝的针脚太大，漏东西，眼泪又悄悄滑落。熟能生巧，缝过几次，就轻车熟路，沙包被缝得方方正正，针脚又细又密了。在缝制沙包中能够体验到劳动的乐趣，感悟劳动中蕴含的智慧。

　　沙包的玩法很多，包括当毽子踢、跳房子、打沙包等形式多样的玩法，也有单脚踢沙包，双脚跳房子或三人打沙包。打沙包时，沙包嗖的一声从东边人的手中飞出，中间的人左腾右跳，身手敏捷地躲开沙包，尽量躲开不被打着。落在西边人的手中。西边的人又向中间人砸去，中间人继续躲闪。于是沙包在空中飞来飞去，人则东躲西闪，尽量避免被沙包打到。

毽子的制作相对沙包来说简单些，是用玉米棒的叶子做的。它的乐趣在于踢，踢毽子也是有很多花样的。踢毽子的方式有一人单脚踢、单脚挽花踢、双脚内踢、双脚外踢，多人单脚围圈踢。踢时毽子上下翻飞如一只灵动的小鸟，时而落在右边树枝上，时而落在左边的树枝上。随着一起一落，观看的小朋友一惊一乍，替踢的人担心。有时她们齐声给踢毽子的人数数，有时两人一组比赛，有时变换方法，多人围圈踢，时而高兴，时而争吵，自得其乐，陶醉其中。

跳绳不像现在有专供跳绳的绳子。孩子们把家里不知道干什么用的绳子弄成个人单跳的长度，有时把太细的绳子三股一起辫成粗一些的一根绳，有点重量，跳起来好用。一般玩个人单跳。跳绳花样分为前跳、后跳、挽花儿。按双脚的动作分为双脚跳、单脚跳、蹬车轮跳。看比赛中扎马尾辫的小姑娘速度慢了下来，但没有放弃的想法，继续跳绳。短头发的小姑娘额头上有细汗，虽然速度也慢了下来，但也没有放弃，而是调整呼吸继续跳，要把比赛进行到底。这个活动也吸引活泼好动的男孩子前来凑热闹。

跳皮筋是女生们的专宠。皮筋的玩法是一级一级向上跳，谁跳的级高谁就是赢家。每次玩的时候要两个人撑着皮筋。撑皮筋有个小技巧，两个人要背对背，以防皮筋断裂打到自己的脸。其他人是通过手心手背来决定顺序，然后谁跳坏了，谁就去替换撑皮筋的人。方法公平合理，大家都有机会玩，矛盾少，互相协作玩得很开心。跳皮筋最常见的就是边跳边唱：马兰开花二十一，二五六，二五七，二八二九，三十一。或唱开飞机的歌曲等。几个人踩着歌曲节奏而动，整齐而有力量。歌声飞扬，喜乐挂在稚嫩的脸上，欢乐的时光伴着她们幸福成长。她们在玩耍中结交朋友，学会待人，学会解决问题。在玩耍中学到许多生活中必须面临的事情，经历了，领悟了，感受了。

那个年代虽然生活清贫，但孩子们拥有健康和阳光，拥有一颗自由放飞的童心，稚嫩的脸庞洋溢着快乐和童真。制作玩具，体现了孩子开启智慧和发挥创造力的热情；在干农活的过程中，孩子们懂得了勇于担当、克服困难、明辨是非的做人道理；通过干家务，孩子们从小养成了生活自理、懂得感恩、克己勤勉的良好习惯和善良、坚忍、能吃苦的品格。

我们的收音机

十一届三中全会后，经济复苏，小富起来的人们生活质量有了一个质的飞跃。有些人置办了自行车、缝纫机、收音机，人们喜欢叫"老三样"，外加一块手表，又叫"三转一响"。收音机是家里最早的老三样之一，在那时的功劳可大了，是人们了解政策、认识新鲜事物的窗口，让人们对新经济体制有了认识，也是我们学习知识的一个载体。

那时是说评书的鼎盛时代，单田芳、刘兰芳说的评书《杨家将》《说岳全传》《水浒传》《三国演义》和王刚的《夜幕下的哈尔滨》等是家喻户晓、妇孺皆知。母亲和我一起回忆，那时候中午和下午刚一放学，我就一路小跑回来，也顾不上吃饭，就为赶点听每次半小时的评书。杨家将无论男女老幼个个赤胆忠心报效朝廷，上有佘太君百岁挂帅，下有烧火丫鬟杨排风身怀绝技，中有女中豪杰穆桂英智破天门阵。岳家军威名远扬，个个骁勇善战；岳飞背刺"精忠报国"令人感动。《三国演义》里刘备手下的五虎上将威武忠贞，关羽过五关斩六将，张飞一声吼断当阳桥，赵云长坂坡杀个七进七出威震敌人。我被他们一个个的精神所鼓舞，从小在心里就播下了正义和善良的种子。从评书中我认识了形形色色的人物和他们的远大志向。《水浒传》中一百单八将个个神

127

勇，鲁智深倒拔垂杨柳，武松景阳冈打虎等英雄故事令人敬仰，每个人的出身背景大不相同，是混乱的社会、腐败的朝廷把他们逼上了梁山。王刚的《夜幕下的哈尔滨》是讲足智多谋的地下党与敌人巧妙周旋开展地下工作的故事。当时许多知识都是从收音机中听到学到的。

还听过不少秦腔折子戏，如《周仁回府》《虎口缘》《三滴血》《三对面》《二进宫》《杀庙》《铡美案》《西厢记》《玉婵泪》《三堂会审》《看女》《拾黄金》《白先生教书》等。其中《铡美案》的故事情节让人心情激动，不仅为秦香莲母子的命运担忧，为韩琦的仁义感动，还痛恨陈世美的忘恩负义，更被包青天的铁面无私、公正廉明所折服。为《拾黄金》中那个浪荡子的行为而气愤，为孙存碟的诙谐幽默说唱而着迷。还有《梁秋燕》《血泪仇》《花亭相会》《十二把镰刀》《屠夫状元》《张连卖布》等眉户戏，听起来比秦腔更通俗易懂。我被《屠夫状元》中屠夫胡山的见义勇为和孝心所打动，对党金龙认贼作父、贪慕虚荣的行为厌弃。

开始我对收音机感觉很神秘，比巴掌大一点的物件，从里面能传出好听的说话声，令人百思不得其解。我对它既爱又恨，爱它是因为能从收音机里学到好多知识，恨它是因为那么贵我家买不起，每次只能赖在别人家里听评书。

我们家后来买收音机还有一段故事呢。

开始听评书在邻居家，因为有收音机的人家不多。我们一放学就跑到邻居家去听。一次我们一群小孩正围着听那张飞当阳桥上一声吼的节骨眼儿，女主人从外面回来了。大概那天她心情不好，看了我们那阵势很生气，说自家孩子整天就拿广播当饭吃，过来就啪一声关了收音机，拿走了。我们那时也不懂得大人的心思，还求她让我们听完。我们几个人就像无头苍蝇，嗡的一声飞到院子外面，撒腿就往有收音机的人家里跑，唯恐听不到那精彩的片段。折腾完回家后就央求母亲给我们家买台收音机。那时我们家条件不好，孩子多嘴巴多，吃穿上学花钱多，哪有闲钱买收音机？我们答应帮母亲一起攒钱买一台属于自家的收音机。

暑假期间，为了挣点钱买学习用品或补贴家用，我们捡过蝉蜕和酸枣核，爬树摘过槐米，挖过中草药。那年我们决定抓蝎子，抓蝎子风险大，搞不好会蜇人，而且不好找。可是蝎子是最值钱的，它的毒汁是很有价值的药物。为了心中的收音机，我们四个积极卖力地干着，结帮爬崖下沟去寻找蝎子的踪迹。每人一手拿罐头瓶，一手拿小镢头，在有干土的地方（如崖边）撬土找蝎子。找到了就用小棍子往前一挡，蝎子就顺着棍子往上爬，我们便眼尖手快地赶紧一提棍子把它抖落在瓶子里，盖上盖子。因为收购蝎子的药铺要活的，所以盖子上要弄一个小孔，要不然蝎子就闷死了。每次攒多了才去卖，去一次药铺要半天时间。一个暑假的劳动收获真不少，我们没白干，买收音机的钱总算凑了一些。

春节前母亲咬咬牙添了一些钱买了一台海燕牌收音机，满足了我们几个的心愿。这台收音机是老三样中第一个来我家的物件。虽然过年兄妹几个只添了新裤子，没有新上衣，但心里比穿了新衣还要高兴，因为心仪已久的收音机买回家了。母亲拿收音机回家的那一刻，我们几个人激动不已，争着抢着要摸摸它，近距离地端详它的模样、颜色，调试频道的接收情况，等等。第一次在家听评书，别提有多自在、多自豪、多兴奋、多扬眉吐气了，还拉着母亲一起听，以后再不用跑东家进西家地听评书了。母亲是很开明的人，也喜欢学习一些新鲜知识，正是由于这个原因，村子里面的人都佩服母亲懂得多，妇女们都爱到我们家串门聊天做活计。

从此，这台收音机成了我们了解外面世界的窗口，陪伴我们成长的好朋友，成为我们增长知识的良师益友、为我们指点迷津的圣贤。

爸爸的自行车

在科技飞速发展的当下，交通工具形式多样化，摩托车、公共汽车、火车、地铁、小汽车满地跑。可20世纪六七十年代，人们把走路幽默地称为11号公共汽车。虽然已有小汽车，但它像王冠上的宝石，是普通老百姓望尘莫及的高端奢侈品。而自行车虽然也很贵重，但还算接地气，一般家庭努力努力也能拥有。

为了出行方便，母亲精打细算，省下钱给爸爸买了一辆飞鸽牌自行车，这是天津生产的。天津生产的红旗牌自行车当时也是名扬天下，有名气的自行车品牌还有上海自行车厂生产的凤凰和永久。现在看来那辆二八又大又笨，但当时可是个稀有物件，要凭票购买，有时候一票难求。那是一辆黑色的自行车，直梁，后带衣架可以驮东西，黑色椅座坐上去硬硬的，车轮上根根辐条耀眼锃亮，车子右把手上有铃，用大拇指一按铃声悦耳，我们几个十分喜欢听那铃声。为了安抚我们激动的心情，爸爸带着我们，我坐在前梁，二哥三哥坐在后衣架，在村子转了一圈，显摆新车子。

爸爸星期天就骑着车子从单位到家，需要两个多小时，回家方便多了。自行车缩短了农村与城镇之间的距离，缩短了爸爸回家的时间，拉近了爸爸和我们心与心之间的距离。

131

爸爸回家次数多了，我们不再感觉爸爸很威严了，而是多了些亲切感，也不再担心农活重活干不动了。有时村子里的人也会在星期天借爸爸的自行车去县城办事，回村时后衣架上带一大堆生活用品，兴高采烈。星期天哥哥们偷偷地在院子里学骑自行车，就是摔倒跌痛了，也不会打消学自行车的念头。三哥个子矮，够不到椅座上，就在前梁下方把脚踩在右脚踏上，身子弓着像只虾，骑行时身子也一上一下地晃动，骑得蛮高兴。哥哥几个人一边干家务一边按顺序学骑自行车，时不时还有邻家小孩凑热闹。这时的小院，回荡着我们快乐的笑声，惊得树上的麻雀一飞一落。

新自行车承接的最风光最露脸的事，是成为门族里一个小伙子娶媳妇的坐骑。

在当时能用自行车接媳妇，排场不亚于现在用宝马奔驰车接媳妇。为了在婚礼当天顺顺当当用自行车接回自己的新娘子，准新郎早早就要做准备，提前练习驾驭自行车的本领。每当有自行车停在新娘子家门口，便会引来一堆围观和欣赏车的人，看车牌子是飞鸽还是凤凰或永久、红旗，转着圈仔细看。自行车如此稀罕，皆因稀少。

百姓的日子渐渐富裕起来后，自行车成为家庭必备的交通工具。20世纪七八十年代，自行车一度成为婚嫁彩礼"三转一响"的首位。要把这四样置办齐，是一笔不小的开支，因此就有了排序问题。缝纫机、收音机、手表只是装饰，摆设在一定区域，而自行车就不同了，可以跟随主人招摇过市到处显摆，得到别人的夸奖，引来羡慕的目光，让主人挣足了面子，理当首选。

　　有时劳累一天的爸爸，晚上在灯下认认真真地检查他的自行车。看着爸爸严肃的脸庞和若有所思的眼神，我就知道爸爸有多么爱护他的这匹千里马。他仔细地检查车胎气量足不足，闸的松紧，给链条、脚蹬、前后轴上上油，又把车子擦得一尘不染，根根辐条锃亮，尤其那铃擦后亮得晃眼，声音似乎更悦耳了。

　　爸爸的自行车还当了一回我的救护车，把我送进县医院。那是我六岁时，在秋天吃伤了肉。也许大家会迷茫，那时候农村一年到头吃不上几回肉，我怎么还能吃多了？因为我爷爷是厨子，在村子红白事上做饭，主家作为答谢送两份蒸碗给爷爷，这样我家就时不时有肉吃。我一大早就偷吃凉肉，吃饭时又吃热肉，一天没吃别的，肚子里全是肉，晚上一受凉，坏了，第二天又吐又拉又发烧。过去小孩皮实，有病吃几颗药就好了，可那次我吃了几天药也不见好，拉得有些虚脱，不醒人事，吓坏了母亲。刚好天黑时爸爸骑着自行车回来了，一刻没停驮着我和母亲就往县医院赶。一路黑灯瞎火却还算平安，可进了医院门后被地上一截木棍干扰，三个人摔了一跤。母亲怕把我摔了，紧紧地把我抱在怀里，自己却摔得不轻。医生说再来晚些有可能我就会烧坏脑子，智力受影响。幸好有惊无险，我智力好着呢。但从此以后我的胃对所有肉类拒不接受，我成了无信仰的素食主义者。

　　到了20世纪80年代末，无论是城市的马路上，还是乡村的小道上，随处可见二八自行车的影子。有的一车三人，前梁坐孩子后架坐媳妇，压得车子颤巍巍；有的后驮两大筐子匆匆忙忙；有的满载日用货物满脸笑意。自行车成了家里任劳任怨的老黄牛，是人们代步出行的好搭档，是人们生活中的好帮手。自行车销售最辉煌的时期，也成就了上海、天津自行车厂的鼎盛和繁荣。

城市的柏油马路上，每到下班高峰期，只见一辆辆自行车从企业大门鱼贯而出，涌进自行车的海洋。瞬间，宽敞寂静的马路被占满，人潮汹涌，铃声悦耳。马路成了一条河，一条流动着自行车的河，非常考验骑车人的技术。有些男同志张扬、好斗、爱显摆，开始秀车技，左冲右突、东闪西躲地迂回前进，惊得胆小的女同志提心吊胆，他们则得意地一笑而过。

二八车子一度身着绿装，背着一个邮字，成为鸿雁传书的千里马，成为邮政上班族的配车。它跋山涉水钻林子，是偏远山区群众的盼望，是输送亲人信息的纽带，是在外游子传递消息的千里耳，历史赋予它的使命责任重大。自行车也是增进人与人之间感情的润滑剂，有时周末邀三五朋友去郊游，骑上自己的爱车。有的带着心仪的女朋友，有的后驮炊具，有的孤家寡人玩起大撒把。去看看绿色的田野，瞅瞅巍峨的山脊梁，亲亲清澈的河水，是一件多么令人心旷神怡的事情。

社会在淘汰和进化中得以前进。随着科技的发展，二八车子已退出人们的生活舞台，21世纪的新型自行车款式新颖，功能多样，品牌众多，而且人们更热衷于山地车，时速能达到30公里以上，专门用于旅游骑行。人多组队称之为驴友，是时下很流行的旅游玩法。品牌名有些洋化，雷克斯、美利达、所罗门、捷安特，等等。

　　中国是有自行车情结的国度，二八自行车和它的故事已成为人们珍贵的回忆，在岁月的长河里成为时代符号。时下最超前的理念是共享单车。2015年共享单车出现在古都西安，它像一缕春风唤醒了我们心底的自行车情结，也送给了这个城市一份轻便而温馨的礼物，这个便民服务值得每一位市民珍惜它爱护它。单车内装有GPS，让人们资源共享，既环保出行又方便使用。从爸爸省吃俭用买一辆自行车到街头巷尾随处可见的共享单车，见证了中国从贫穷到民富国强的发展变化。

妈妈的缝纫机

按当时流行的说法，我家叫一头沉家庭，爸爸在外面工作，母亲在老家赡养老人，哺育子女。我们尚小，只能在母亲的羽翼下生活，日常洗洗缝缝的事全靠母亲一人。母亲白天在田间躬身耕作，晚上在灯下穿针引线，很是辛苦。缝纫机的出现，似乎减轻了像母亲一样千千万万个手工劳作人的负担。

金秋过后是农民们一年中最悠闲的日子，于是母亲想买一台缝纫机回来。那时东西只能凭票购买，缝纫机是紧俏货，可不是有钱想买就能买到的。母亲托人找关系找票，费了九牛二虎之力，才从省城买回来了一台"标准牌"缝纫机。当时还有蜜蜂、飞跃、宝石等品牌，都深受老百姓的青睐。

20世纪七八十年代，我家有三件宝贝让我引以为豪，那就是我们的收音机，爸爸的自行车，妈妈的缝纫机。其中有两样已遗失在岁月的尘埃里，只有缝纫机依然在老家的房子里。

屈指算来，缝纫机的主人——我的母亲——离开我们已整整十年了，东西尚在人已故去。每次回老家看到它，都仿佛看到在机子前忙碌的母亲，一颦一笑是那么亲切、熟悉、温热，清楚如昔。我想在它转动的轮盘里，储存着母亲和它朝夕相伴的时光；从它跳动的线条上，我似乎聆听到母亲对我们的声声嘱咐，那句句教诲点燃了我对生活的热情和希望，给予我克服困难的勇气和力量。

当时，母亲心灵手巧，很快学会使用缝纫机，还自学了裁衣服。有了缝纫机，母亲修改衣服更加得心应手，朝改夕成，款式好效率高。20世纪六七十年代最流行红卫服款式，军绿色，四个口袋，穿在身上精神抖擞，男孩女孩都喜欢。过年，母亲给几个哥哥做了一身，虽然我的新衣服是剩布拼成的，可是母亲给我穿时我也好兴奋。大年初一吃过饺子后，几个人穿着新衣，在村子里玩了一圈，到谁家都会被从头夸到脚，问新衣服是请裁缝做的还是母亲做的。那个年代我们家娃娃多，过年能有新衣穿，口袋里还揣着水果糖，让村里许多孩子羡慕。在母亲精心操持下，我们在缺吃少穿的年代，能穿着整洁干净的衣服，那是多么不易呀。母亲后来给我讲，当时她想，要是能把一分钱当三分花该有多好呀。为了把我们好好养大，母亲不知道受了多少煎熬。缝纫机犹如给母亲添了一双手，但我发现母亲更加辛苦了，干了自家的还要干邻家的。今天东家拿了两条床单，明天西邻拿了块布要裁裤子。母亲又热心还自己鼓励自己，这是别人看得起她，觉得她手艺好才拿来，乡里乡亲的都不容易，机子上扎得快。母亲就是这样勤劳而善良，辛苦自己方便他人。正因为如此，到农闲的秋冬季节，我们家的小院成了妇女们做活聊天的场所。

村子里好多叔叔婶婶都认为我家是清一色的小子。唯一的女孩子也是男孩子打扮，短头发，纯色衣裤，穿的都是哥

137

哥们穿小的衣裤改的。小孩子也不知道美丑，只要每天不饿肚子就行了，我整天跟着哥哥疯玩，也俨然是个小子。母亲为了让我看起来像女孩，就在改好的衣服上绣花。绣花的部位一般在领子上、口袋上。一次母亲在衣服左胸上绣了两只兔子，兔子乖巧可爱活灵活现，吸足了小伙伴的眼球。看着伙伴们羡慕的眼神，我心里好不得意。母亲手真巧，母亲在我心里的形象更加高大，我为有这样的母亲感到无比自豪，看他们谁还笑话我穿男娃衣服，是个假小子。

母亲很爱惜她的好帮手，就像爱护我们一样。每次用完还用罩子盖好，上面不能放任何东西压着它。有时看到母亲拿着小油壶给机子上油，把送衣牙卸下来擦里面的灰尘，拧拧螺丝，检查皮带的磨损程度，最后整个擦一遍，母亲说是给缝纫机洗个脸，跟人一样醒一醒神，干起活来好使。

我八岁上学那年，母亲用机子给我做了书包。军绿色的，上面绣了红色的两个字：学习。我高兴地背着空书包，在自家院子里转了好几圈，用手摸了又摸，激动得又跳又蹦，母亲说小狗撒欢了。更让我高兴的是，母亲给我悄悄做了一件花布衫，是粉底的花布，图案是蝴蝶结和五片花瓣的小花，稀疏有致不烦琐。这是我拥有的第一件花布衫，女孩子的衣服。当时把我高兴的，激动得晚上睡不着觉，把衣服放在头旁，时不时用眼睛瞟一下，用手摸一摸，生怕睡一觉衣服就长翅膀飞了似的。想着明天能穿着新衣服上学，小心脏就像一只兔子在蹦跳，最后把衣服抱在怀里才进入梦乡。两年后花布衫小了，母亲在机子上改长袖变短袖，身子接了一块军绿色的布边，穿上松紧带向里收腰，款式新颖，我甚是喜欢。

班里好多同学也让家人照着我衣服的样子改衣服。花布衫又陪了我两年，才光荣退休。从此花布衫的情结永远住在我心里，让我魂牵梦绕，直到现在它还会来到我的梦里。当时年纪小，只顾自己高兴。现在想想，当时母亲是怎样在捉襟见肘的日子里省下钱，给我置办一件花布衫的，真是难为我的母亲了。

缝纫机本是母亲精打细算请回来的帮手，但母亲并没有因此而生活得轻松，反而每天更忙碌了。我迷茫了困惑了，但我从母亲疲惫的脸上、喜悦的眼眸里、灵巧的双手中读懂了母亲的忙碌。忙碌是母亲对生活的一种态度，是一种爱的延伸，在爱家人的同时也爱着邻居朋友。这使我明白被别人需要也是幸福和快乐的事，让我懂得帮助别人也是人生的一种境界，学会感恩和回报社会，会让自己的人生更有价值。

在困境中生活，母亲的眼眸里装着坚强，更装着思想。人生来不是要被打败的，而是要打败生活中遇到的困难和挫折。在我们成长的道路上，我想母亲是含着眼泪奔走的，无论在我们小的时候，还是长大成人后，母亲总是昂起头，从不让眼泪滑落。母亲在苦日子里创造快乐，给平淡赋予色彩，使人生焕发出与众不同的光彩。母亲，我一天一天发现你的生活很平凡，一天一天更加深切地爱你。

与小鸟为邻

母亲常常告诫我们要与生灵和睦相处，因为大自然赋予万物以生命，它们也像人一样是有家庭成员、有情感和思维的。你善待它们，它们也会回报人类。也许是因我们的友好相待，吸引了鸟类朋友来我家小住。

小鸟是人类世界的精灵，是上帝派到人间来调剂人类生活的灵物，是人类如影相随的朋友，给人类带来吉祥快乐。北方最常见的鸟是燕子，它是候鸟，会随着温度变化春来秋去地搬家。燕子喜欢在屋檐下筑巢、栖息，喜欢落脚在庭院和人们友好相处，与人们近距离亲近，深得孩子们的喜欢。它乌黑的羽毛，露白的肚皮，剪刀似的尾巴，形象可爱，性情乖巧温驯。燕子是益鸟，象征吉祥、美丽、友善和好运。

我家院子极大，瓦房半边盖，坐北朝南，向阳，光线极好。柳条返青时，屋檐下有两只燕子在忙着筑巢，正是：春鸟报晓春来到，春燕衔泥忙筑巢。之后，大地到处呈现出欣欣向荣的景象。春寒料峭中迎春花的花骨朵儿已怒放，柳枝冒出了嫩芽，小草探出了头。鸟儿也各自出巢，欢快地飞来飞去，叽叽喳喳地欢迎春天的到来。家里来了新客人，最兴奋的是孩子。他们眼睛围着燕子转，看燕子双宿双飞呢喃细语。最让我惊叹的是，燕子仿佛是天才的建筑设计大师，小窝筑得精致、美观、结实，窝的内壁光洁整齐。我想不通燕子是怎么办到的，能够把窝整理得如此光滑。

远山成了黛青色，可能是害羞了，一层薄纱盖在山坡上，山体若隐若现。天空飘起牛毛细雨，时而缓时而急。人们出行可不用雨伞，任由雨洒在头发上，飘在脸颊上，落在衣服上。若不急着赶路，让步子悠闲慢慢品着泥土的香味，在细雨中亲近大自然。燕子从外面觅食回来，羽毛淋湿了，没有立刻回窝，而是站在屋檐下用嘴巴梳理羽毛，抖一抖身上的水汽，而后便叽叽喳喳地交谈，在屋檐下跳来跳去。燕子刚来时我稀罕了一阵，之后，就好久没有关注了。突然有一天发现了窝里有两个小脑袋向外张望，于是趁着燕子爸爸妈妈在外觅食，我们几个人费了老大劲搬来梯子，爬到燕子窝边观看可爱的小燕子。小家伙睁着圆溜溜的小眼睛，惊奇地看着陌生人。小燕子太小，还不能飞，只能待在自己的小家里等着爸爸妈妈来喂养。没过多久，小燕子慢慢学会了飞行，一家四口飞出飞进其乐融融。秋天到了，燕子一家四口便飞往南方去了。我相信明年春天又会飞回我家的屋檐下筑巢，因为燕子是念着老朋友的。

也不知道是我家有了鸟类的气息，还是有了燕窝的吸引，那年秋天，有两只灰鸽子在南边窑洞的天窗上筑巢，准备过冬。灰鸽子是留鸟，不随温度变化而迁徙。

一场秋雨一场凉，秋风扫去白杨、槐树、梧桐树那一树树金色的盛装，只剩下遒劲的枝干挺立，尽显秋之繁华后的寂静。蒲扇似的梧桐叶子落尽后，树杈上显露出一堆树枝，我们几个孩子好奇是什么鸟儿的杰作，就站在大树底下长久地仰望树顶，牵挂起树上鸟窝里的温情来。善于爬树的哥哥要爬上去一探究竟，让爱心满满的母亲拦下了，她告诉我们那是喜鹊的巢。一来母亲不让我们打扰鸟儿，惊到鸟儿它们会搬家；二来树太高了，哥哥上去会有危险。与鸽子和喜鹊成了邻居，我心里有一股莫名的兴奋。因为喜鹊是吉祥鸟，喜鹊报喜是妇孺皆知的好兆头。

雪花纷飞的一天，灰鸽子站在自家窝边上咕咕叫个不停，我静静地聆听着。它的叫声虽然没有百灵鸟的叫声婉转动听，但也不像麻雀叽叽喳喳地吵人，而是富有节拍，在飘雪的冬天听起来别有一番韵味。那一长一短的咕咕声恰似一快一慢的音符，像号角又像鼓点，或者是打更的梆子声，让人听了，烦躁的心情能够慢慢平复，郁郁寡欢的心情渐渐欢快起来，使人杂乱无章的思绪慢慢清晰。我很庆幸能与鸟儿为邻。

想到雪天鸟儿不好觅食，我们就在院子扫一块空地撒一些苞谷或豆子。最先吃食的是几只家鸡，喜鹊看见也飞下来吃。没想到的是鸽子还有侦察能力，先是一只飞下来，但只是在食物周围迈着步子，眼睛机灵地东张西望观察情况，然后飞回窝里，在雪地上写下一串串"个"字的脚印。然后是带着同伴飞下来，开始吃食，边吃边观察情况，稍有动静马上就飞回窝里，看有麻雀吃食才又飞下来再吃。好聪明的鸽子！

我趴在室内窗台上，有机会近距离观察吃食的鸟儿。喜鹊有一根长长的尾巴，从头部到腹部呈蓝黑色，但肚子上有些白色，翅膀为深灰色，翼肩上有一块白色。深灰色点缀着白色，一下子让喜鹊拥有了俊俏的外衣，瞬间变得可爱了。

灰鸽子的脖颈上像戴了一个深绿色的项圈，再加上那双机灵的圆眼睛，微微上翘的短尾巴，俨然是一位鸟将军。

虽然麻雀没有在我家树上做窝，但院子的梧桐树、香椿树、石榴树上无论冬夏都落满叽叽喳喳的麻雀。麻雀数量多，有时偷吃粮食，赶走一群又来一群。不过麻雀也给我们带来许多趣事，仅捉麻雀就花样百变，用弹弓打，用筛子扣，用网子罩，等等。

与小鸟为邻，让我收获了快乐，让我的生活充满趣味，让我学会了观察，学会了思考。

学做家务活

我记得童年时村子里吃的是井水。要用力摇辘轳从井里提水，再用白铁皮桶挑回家去，用一个大水瓮存水，作为家里的生活饮用水。爸爸不在家，这个活就落在母亲的肩上。挑水是力气活，我家离村子中心的水井比较远，挑水就更费劲了。1976年秋季雨水不断，村子里的路泥泞不堪，挑水更困难了。母亲挑水时摔了一跤扭伤了腰，却没有躺下休息，而是艰难地挣扎着干活。我们心疼母亲，十三岁的大哥和十一岁的二哥就合力摇辘轳提水，再用棍子抬起一桶水往家运，跑两趟才能抵得上大人挑的一担水。稚嫩的肩膀抬水之后才感受到挑水的辛苦，体会到母亲养我们的辛劳。自母亲摔跤后，我们几个一下子懂事多了，知道待在家里帮母亲干家务活了，而不再去外面疯玩、惹事，让母亲担心。

母亲一个人要忙地里的活还要干家里的活，为我们几个准备一日三餐，拆拆洗洗缝缝补补，劳动量很大，很是辛苦。随后几年，兄妹几个相继长大，就轮流着抬水和干家务，来减轻母亲的生活压力，让母亲少受些累。为了能帮到母亲，我们几个学做家务的热情空前高涨，你追我赶。像扫院、喂鸡、喂猪这种小活粗活不用学，一教就会，但做饭是细活难活。

记得有一次母亲去县城办事，到了饭点还没有回来，我们饿得把家里的蒸馍都吃光了，大哥带着我们几个想办法做饭，希望到了饭点家里的炊烟能飘起来。二哥拉风箱烧火本领高强，家里的炊烟如何升起，便是二哥的事。大哥和我们的任务是如何把面粉变成吃食，便向邻居请教做什么饭比较简单，邻居说做麻食比较容易些，还帮着和好面。几个人围着大案板搓麻食，麻食搓好了炒蒜苗白萝卜。铁锅又大又深，三哥蹲在灶台上翻菜。然后烧水，水开后把麻食放进去，烧开了多煮几次，稀稠差不多了再放调味品。由于没有经验，锅又大又深，我们把水放太多了，水和麻食的比例不当，饭太稀了。我们只能用漏勺捞出来吃麻食。毕竟是我们第一次动手做饭，目的达到了，麻食安慰了我们咕咕叫的胃。也许是饿了的缘故，感觉挺香的，也许是三哥在菜里放的油比母亲多，一个个吃得津津有味，连连说味道不错。有了第一次做饭的经历，只要母亲有事回来晚，到了饭点家里的炊烟就会按时飘起，我们就会借机会练习手艺，尝试自力更生。

最为成功的一次是学烙煎饼。还是把邻居请到家里来教。邻居把煎饼水稀稠调合适，给我们示范做了一遍，然后我们慢慢自己学着烙。大哥是主厨，他心灵手巧，摊了两三个煎饼后，就领悟到操作要领，能烙整张煎饼了。大哥忙着烙，我们跟在后面吃，出锅一个下肚一个，一不留神吃完了，没给母亲留。大哥照着邻居的方法调制好煎饼水，给母亲也摊了些煎饼。母亲回来虽生气我们浪费，但又高兴我们能自己动手做饭，饿不着自己了，她还能吃上现成饭。这让母亲感到很欣慰，我们已经慢慢长大，学会自己照顾自己了。

做得最棒的一次是锅盔。母亲发好了面，但有事蒸不了馍。天热，时间长了面就会发酸，面里放碱面的多少是蒸馍好坏的关键，这一点我们知道，但还是让邻居帮着控制放碱面的量。大哥就尝试着烙锅盔，把蒸馍的面烙成几个大锅盔，还泼了油泼辣子。第一个锅盔刚出锅，几个人就被香味刺激得有些迫不及待，大哥切块后，每人手拿一块热锅盔加油泼辣子，蹲在窑门口一字排开，大口吃起来，一边吃一边说："香，真香。"母亲回来蒸馍时，找不到发好的面还在纳闷呢，我们拿出锅盔和油泼辣子，母亲惊讶道："谁帮咱家做的？"我们齐声说大哥做的。母亲脸上露出既惊讶又欣慰的笑容，说："烫得咋翻面呢，烙熟没，趁我不在又浪费面和油呢，以后半个月你们就不能吃油咧。"我给母亲夹一块锅盔尝尝，母亲咬一口后，高兴地说："香，真香。"其实她心里没有一点责怪我们的意思，反而感到很欣慰。

在大哥的带领下，我们学会了几样拿手饭、烙煎饼、烙锅盔、做麻食、烩疙瘩汤、烩驴蹄子面，但没能学会油泼辣子擀面。我们还自创了一道美食，就是在绵绵的秋雨初晴后，田地里不再泥泞，我们第一时间端一个搪瓷缸子去捡拾撒在田地里的各种豆子。此时的豆子被雨水浸润得又大又圆，很容易捡拾。回家后把豆子洗干净，煮熟，捞出来放些盐，用勺子舀着吃，那真是人间美味呀。同样在雨后初晴，我们要抓紧时间去捡另一种食材——地软。被雨水浸泡过的地软，又大又厚，躺在草丛中，很容易被眼尖的我们发现，收获也是平日里捡拾的两倍。回家后地软要晾晒干水分，做成干菜放到过年包地软包子用，那也是极香的，用肉包都不换。大哥还偷偷学会在缝纫机上扎床单等简单的日用品，引得邻居竖起大拇指直夸大哥是母亲的大姑娘,能替母亲做针线活了,说看看娃娃多懂事,你母亲享福的日子在后面呢。在学习做饭的过程中,我们学到许多生存本领。正如母亲所言,生活中困难随时随地会找上门来,躲避是没有用的,只能迎头而上。遇到问题,尽其所能地想办法去解决,办法总比困难多,困难最终会被打败。每一次的成功,都会为下一次克服困难增加勇气和信心。

　　想念母亲做的饭菜,想听母亲的唠叨,想听母亲鼓励的话语,就连训斥我们的场面现在想来都是那么亲切,那么美妙,那么记忆犹新。

理发推子

母亲买了一个理发用的手推子。原因是我们家男孩子多，理发都成问题，因此母亲要自学理发，为哥哥们修剪头发。可谁也没想到母亲后来成了村子里的免费理发师。

哥哥们上小学的时候还比较乖，让母亲拿自己的头发练手艺。母亲悟性极好，手也灵巧，很快就掌握了推子的使用方法。当时流行的发型叫嘎子头、茶壶盖儿，母亲的手艺不错，理出来的发型挺像茶壶盖儿的。母亲不光给自己家里孩子理发，每到星期天，左邻右舍和本门里的男孩儿都自告奋勇地跑到我家院子里，让母亲给他们理发。一来不用跑远路到镇上或者县城里去理发，还要花几角钱，在这里是免费的；二来可以边玩边等着给自己理发。渐渐地，不是本门里的娃，也会被家长领着来找母亲理发。到了星期天，母亲就更忙了。最忙的还要数过年前的两三天和二月二那天，男孩子都跑来我家理发。其实年节我家也很忙，要扫屋、蒸馍、蒸碗子，但碍于面子，母亲总是尽量满足孩子们的要求，理个发好过年。关中人有讲究，正月里不理发，二月二龙抬头，理发迎吉祥。二月二当天，理发的集中扎堆，最后母亲累得胳膊都抬不起来了。

随着哥哥们渐渐长大，上初中上高中，慢慢地看不上母亲给他们理的发型了。随着时代的变化，小平头出现了。相比之下嘎子头茶壶盖儿的发型，就显得有些土气了。母亲还没有掌握理小平头的技巧，哥哥们就不想让母亲给自己理，因此小院里上演了母亲逼着哥哥们理发的趣事。谁要是被母亲逮着，就很不高兴、很不情愿地被拉去，理个茶壶盖儿头。母亲还兼修理和保养推子的工作，定期给它上油，拧紧螺丝，要不然它就会发脾气，夹头发，使被理发的人很痛。有一次三哥的头发被夹了，他理发本来就心不甘情不愿，这下有理由了，理了半拉头死活不理，母亲气得满院子抓他，嫌出去太难看。三哥左躲右闪，灵活得像只小猴子，在我家院子里和母亲周旋。母亲累得气喘吁吁也没能抓住三哥，就坐在廊檐下给三哥说好话，但任凭母亲怎么劝，三哥倔脾气上来了，铁了心就是不理了。没办法，母亲先修理推子。等到晚上三哥睡着了，母亲就在他头顶下铺张纸，在三哥的睡梦里悄悄地把剩下的半拉给理了，要不他上学去肯定会被同学笑话的，那样他更没面子。早晨起床，二哥逗三哥说是半夜孙悟空给三哥理的发，怪他不听母亲的话，要给他点颜色看看，吓得三哥赶紧给母亲认错，问是怎么回事。

1982年土地分田到户后，有力地促进了农村经济发展。在城市改革开放成绩显著，人们穿着打扮发生了很大变化。

当时城市的大街小巷，年轻的姑娘小伙子身着牛仔裤夹克衫，扫地喇叭裤爆炸头遮阳墨镜，这些元素是追赶潮流的年轻人的标配。有更酷的骑一辆摩托车，嗖的一声，从一群人的身旁驶过，让人在扬起的尘土里慌了神。在乡村，人们的思想还是比较保守，在外闯荡的年轻人回乡来，多以穿着潮流时装来表示自己在城里干得不错。本来想炫耀一下，但炫耀过头，往往招来长辈的冷眼。

新旧思想发生碰撞，火花四溅，谁都说服不了对方。1986年兴起了爆炸头、喇叭裤。村子里有男孩子留了爆炸头，老辈人看不惯，说像老母鸡抱的窝，气得骂他们像个二流子，不务正业。有一个家长向母亲借了推子，在晚上趁青年睡着时悄悄地把青年的爆炸头发型推掉了，并把喇叭裤藏了起来。青年早上起来发现后，一阵发疯，找家长理论，把我家的推子给摔坏了，他妈妈吓得躲到邻家，等儿子气消了才回家。母亲修不好推子，借方要赔个新的，母亲拒绝了，说娃娃看不上她的理发手艺了，个个长成了小伙子，用推子的机会越来越少了。

我家的手推子在母亲的手上一次次舞动，年复一年在发堆里修剪出可爱的发型，修剪着成长的岁月，把一张张稚嫩的小脸修剪成英俊小伙。

爆米花

　　做爆米花是改革开放后，农民在农闲时期为挣钱补贴家用而兴起的营生。1978年之后，春回大地，人们不再害怕割资本主义尾巴，或者被说成是投机倒把，而是八仙过海各显神通，正大光明地凭本事挣钱，力争使自家的小日子有所改善。

　　最让我记忆犹新的是制作爆米花这一行当。制作爆米花的人来村子，一般都在种完麦子的秋冬农闲时节，每次来都会把场地选在村子中心的关公庙旁。庙的山墙旁有一块比较开阔的地段，他就在那儿开火做生意。砰的一声巨响，村子里的孩子们耳朵就都竖起来了，知道这是做爆米花的来了，在给大家发信号打招呼呢。这声响如吹响的集结号，孩子们就从村子的东西南北各个方向涌向这里，一会儿工夫队伍就站成了一字长蛇阵。搪瓷盆里端着能打一锅爆米花的玉米和几根劈柴，也有个别标新立异的小孩子端着一堆小麦粒或者一把大黄豆。

　　寂静的村子被那砰砰的响声渲染得有了活力，再加上孩子们嬉戏的笑声、风箱的呼呼声，一闪一闪的火光，这些情景温暖着孩子们的心。这样的场景，这样的画面，这样的气氛是20世纪七八十年代孩子童年的一种幸福写照。看着做爆米花的人动作娴熟地把玉米倒进锅里，用长扳手拧紧盖子，在火上均匀地摇转着锅，认真地看着压力表，时间一到就把锅拿下来，放在一个用铁圈撑开的长口袋里，然后用扳手用力一扳盖子，随着一声巨响，顿时雾气升腾，爆米花的香味四溢，那甜甜的、酥软的、清香的味道刺激着味蕾，馋得小伙伴们狠狠地吸上两口气，然后又焦急地数一数还有几个人才轮到自己。爆米花出锅的同时人也被白色的雾气笼罩，如临仙境腾云驾雾。这时有淘气的小孩会喊"妖怪白骨精来吃小孩子了"，有小孩回答"孙悟空来打白骨精了"，有人附和一声"妖怪，哪里逃"。刚开始，像爆米花这样的零食，对孩子来说是一种奢侈，在物质极其匮乏的年代能吃饱肚子已经算是幸事了。家庭条件好些的孩子会向家里要几角钱爆一锅爆米花，家里条件不好的孩子只能捡被爆在地上的爆米花解解馋。各家爆的都不多，即便如此，自家爆了一锅，怎么也要好朋友尝尝，仅凭捡的几个能尝出什么味道来。有的小孩会把自己爆好的爆米花抓一把塞到捡着吃的好友手里，情谊在一把爆米花中更浓了，好东西要与朋友一起分享，才能体现快乐和友情的可贵。

做爆米花的炉火一闪一闪，在黑夜里照亮一片天地，所在地成了孩子们娱乐的场所。有的小孩排好队又在一旁玩耍，踢毽子、跳房子、打宝，热闹一片。最好玩的是老鹰抓小鸡。他们时不时发出阵阵打闹声和开心的笑声。这也是孩子们无拘无束最开心的时候，因为身兼任务，不担心家长催，可以尽情地玩，吃玩两不误。

随着经济搞活，人们的日子越来越好，吃的东西也丰富起来，但孩子们仍钟爱爆米花的香甜，那是挥之不去的童年美味。

　　我们村子人口众多，孩子也多，做爆米花的人来村子里是最受孩子们欢迎的，一段时间不来，孩子们都会想念。不光想念着吃食，更想念外面的新鲜事。做爆米花的人走南闯北，走街串巷，见多识广，在孩子拉风箱时，他还会讲各种见闻和趣事，增长了孩子们的见识，孩子们不单收获了物质食粮，也收获了快乐，增长了知识，享受了精神食粮的滋润。更重要的是让孩子们的理想插上了腾飞的翅膀，放宽眼界，去不同的地方，见识不同的人和事。因此爆米花是孩子们心中的憧憬。

　　爆米花情结，装满了孩提时代最美好的时光。

　　如今，在零食琳琅满目的新时代，爆米花仍是众多零食中让孩子牵挂的美味之一。大人有时候也会沾沾孩子的光，解解馋，回味一下儿时的味道。从改革开放之初到生活富裕的新时代，爆米花仍以它独特的魅力在人们心中占有一席之地。

冬日捉麻雀

北方的冬日，树叶落了，草儿衰了，庄稼也收完了。鸟儿没有食吃，为了生存就纷纷南迁寻食去了，但麻雀是北方的鸟主人，它不随季节的变化而搬家。

冬日里落光树叶的大槐树、白杨树、梧桐树怎么发芽了？原来是树上落了一树麻雀。在落日余晖的映照下，喧闹的一树树麻雀让万物萧瑟的冬日热闹起来。在北方寒冷的冬天，小小的麻雀不畏严寒坚持留守越冬，它群起群落，如一阵风、一团火、一曲交响乐，让我们不再感到冬日的寂寞和烦闷。

一场大雪后，麻雀的生计有了困难，于是它们成群结队地飞入农家院子，叽叽喳喳落在树枝上、屋檐下，寻找机会与家禽争食。其实，在寒风呼啸、白雪皑皑的冬日，雪是天地的精灵，麻雀同样也是精灵，它们欢快地从一棵树上集体转移到另一棵树上，你会惊叹它们的行动如此干净利落，如训练有素的战士。它们的欢叫声是雪天里跳动的音符，温暖了孩子的心。我们好羡慕它们自由自在飞来飞去，有时脑子里会冒出自己也变成一只麻雀的奇怪想法来。

但冬日里的麻雀有时也让人烦恼。院子里只要主人给鸡喂食，它们就立刻飞落到院子与鸡争食吃，鸡也不示弱，用嘴驱赶麻雀，但往往是赶走一只又飞来两只。因麻雀成群结队，数量太多，这场争食战鸡通常无法以少胜多，没有办法不让麻雀吃自己的口粮。20世纪六七十年代，国家正在搞建设，人民物资还比较匮乏，人均口粮很紧张，只有在冬天农民才舍得抓些谷糠喂鸡，但是麻雀也想从中分一杯羹。人们心疼谷糠被麻雀吃了，可又奈何不了数量庞大的麻雀。

在人们一筹莫展之际，办法是调皮的孩子想出来的，给麻雀下一个套。喂鸡时在食物旁边用小木棍支一个有小洞的旧筛子，小木棍上系一根长长的绳子，人则躲在屋里向外观察，只要麻雀闯进去就赶紧拉绳子。第一次试验我们就小有收获，成功扣住了两只麻雀，求生的本能使麻雀从筛子上的小洞往外钻，刚一探头就被我们捏着头拽了出来。

鸟儿也是有智慧的。经过一段时间的捕捉，麻雀有了警惕，并逐渐学会了观察人的举动，不再旁若无人地与鸡争食，而是寻找最佳时机，来争食的也是麻雀中比较胆大的。整个冬日就连中午放学一小会儿时间我们都用来捉麻雀，但次数多了就不灵验不好捉了，麻雀也学会了进退战术，空筛也就多了。年底放寒假了，时间最是充足，捉麻雀便成了我们的一大乐趣。在炊烟袅袅的农家小院，寻找合适的地方，支起筛子，下面撒上谷物，我们则坐在远处，一边做着功课，一边观察麻雀的动静。要是碰上天公作美下场大雪，那就再好不过了，在银装素裹的世界，麻雀的日子真不好过。饥不择食的麻雀警惕性很低，几起几落后，便飞到筛底下埋头猛吃。此时，我们便频频得手，很少空筛。村子里一个在外面当厨子的人教给我们一招：把炉灰调成糊状，再把麻雀糊住，在灶台下火边烘烤，待炉灰糊裂开，麻雀也就烤熟了。扒掉炉

155

灰糊的同时，羽毛也就掉下来了，趁热撒上一点盐，就成了一顿丰盛佳肴，正宗的野味烧烤。

我们还曾想把麻雀圈养起来玩，但有些脱离群体的麻雀有一种革命家的精神，你给它吃食它不吃，给水它连看都不看，以绝食来反抗你把它关在笼子里。平时看它们与鸡争食吃得欢，但现在它宁愿饿死也不会屈服，过上两三天麻雀就饿死了。当时小只顾贪玩，也不知其中的道理，只是执着地捉来然后伤心它又死掉。还是一个爷爷告诉我们说，别看麻雀小，但气性大，你把它与同伴分开，它不愿意，绝食抗争，让你放了它还它自由的天空。其实这一点还与咱陕西关中人的脾性颇为相似，耿直、硬烈、倔强。

在漫长的冬日，没想到捉麻雀还能改善我们的伙食，打打牙祭，使我的童年充满了童趣和幸福。如今，麻雀已成为国家保护鸟类，再也不能随意捕杀了。我们要珍爱天地间的生灵，与他们和谐相处，不能随意杀戮他们、破坏大自然的生态平衡。

156

乐动碾麦场

　　碾麦场是没有任何娱乐设施的游乐场，但却是六零后七零后八零后心中欢乐的圣地，令村里每个孩子牵肠挂肚的伊甸园，角角落落洒满他们的童年趣味。孩子是天使，是精灵，是快乐的缔造者，不同年龄的孩子在这儿和谐共处，让这里热闹无比。

　　当布谷鸟飞旋在低空不时鸣叫时，田野里的绿衣裳已悄悄地换上麦黄色，丰收的喜悦刻写在庄稼汉的脸上，空气里弥漫着丰收的喜悦，大人们开始摩拳擦掌要大干夏忙了。这也宣告着孩子们一年中最能撒欢的时候到来了。无论是白天忙着收麦子，还是夜晚在堆满麦垛的碾麦场捉迷藏，活泼好动的孩子们无时无刻不在制造属于自己的小乐趣。月光明亮的田野里，人们在与时间赛跑，汗如雨下挥镰收割；夜黑如漆的庄稼地，乡亲们在与天公争时间，提上马灯星火点点收割忙；碾麦场上人声鼎沸，各司其职，劳动场面热火朝天。当忙碌、喧嚣的碾麦场归于平静，人们把金贵的麦粒抢收回家，把一垛垛麦秆留下，堆成一座座小山包，那便成了孩子们娱乐的殿堂和城堡。

　　忙碌的大人们退场，碾麦场的热闹又被孩子们编织起来，那热闹的程度超乎你的想象。瞧一瞧他们是怎么玩耍的，都在玩些什么花样：他们三五成群，自成一体，互不干涉，稚嫩的小脸洋溢着笑容。几个小女孩跳皮筋、踢毽子、跳小绳，伴随着童谣脚步上下左右如一只只蝴蝶翩翩起舞，随着律动跳跃。几个男孩子比赛滚铁环，奔跑的脚步升腾起尘土来。老鹰抓小鸡的队伍很是壮大，队员协同作战，叫喊声能震破天空，场面热烈而灵动。老鹰长时间抓不到小鸡，是要表演节目的。还有跳房子、斗鸡、打宝、跳山羊、玩弹弓、捉迷藏、丢手绢、翻绳、狼吃娃游戏、架飞机等活动项目。

最让我喜欢的是夏夜的星空和晚风。闹腾了一天的碾麦场，此刻静了下来。各家拿出了席子，一家挨着一家铺开，大人小孩或坐或躺在满天星斗的天空下，吹着习习晚风进行着一场纳凉故事会。这是夏夜中最美妙的时刻，也是我和许多小伙伴最喜欢的，且充满好奇和向往。在众多的故事中，一位邻家爷爷讲述自己与狼对阵的事，让我对他肃然起敬。有这样胆量和机智的爷爷，也不是一般人。1926 年，二虎守长安，爷爷是杨虎城手下的兵。

邻家爷爷和狼相遇是在 1982 年初冬的一个傍晚。已是七十多岁的邻家爷爷去邻村磨面，在回来的路上附近有条深沟，狼大概是从沟里跑上来的。邻家爷爷老远以为是条大狗，但发现眼睛放绿光，心里咯噔一下，坏了，遇上狼了。他没有慌张地跑，而是停了下来，点亮马灯，用搭车的皮带子，使劲地抽打车子，制造动静。在空旷寂静的田野上，回声响亮，传得很远，邻家爷爷在震慑狼。邻家爷爷说这是一场心理较量，你要是怕了转身跑，狼就会扑过来，人怎么能跑过狼呢？你要表现得勇敢，战胜胆怯的自己，和狼正面对阵，用气势镇住狼，狼怕了就会落荒而逃，这是战术。经过一番较量，狼怕了，最后就跑了。看到狼跑下沟，他推着独轮车一口气跑回村子，进了村腿就软了。后怕呀，大冬天的，那条狼是饿狼，饿狼是很难对付的。他说自己很庆幸与狼相遇能擦肩而过毫发无伤，是天上的战友在保佑着他呢。

母亲和婶婶们给孩子们讲了许多民间故事，有牛郎织女的故事，王母娘娘七个女儿下凡的故事，月宫嫦娥玉兔猪八戒的故事，雷公电母龙王降雨的故事，天上北斗七星、启明星及牛才子观星的趣事，六月飞雪窦娥冤的故事，孟姜女寻夫哭长城的故事，等等。

我还是钟情于爷爷讲的故事，情节曲折，人物形象高大，令我敬仰。西安双十二事变，杨虎城张学良在骊山兵谏蒋介石共同抗日。事后杨虎城将军被杀害，张学良将军被软禁。但为了民族大义，张杨两位将军早已将个人的生死置之度外，国家利益至上。这是中华民族的气节，军人的气魄，军队的魂魄，宁死不屈，誓死报国。每次听爷爷讲这些故事，我的眼泪就会悄悄地流下来，心里充满感激。在静谧的夏夜，凉凉的晚风拂面，听着一个个有趣的、感人的英雄故事，我的心灵盛满民族情怀，灵魂得以丰盈，思想得以翱翔，正义和精神播种在心田。晚上听故事的精神滋润比白天身体运动的愉悦更令我感到兴奋。

生活在人们的创造中越来越好，新事物也悄悄地来到我们身边，改变着我们的认知和生活。一种新型的讲故事方式来到我们的生活当中，对我们这些充满好奇心的孩子来说更具有吸引力，那就是露天电影。露天电影在各个生产队巡

159

回放映，极大地丰富了乡村文化。电影放映要在平整宽敞的碾麦场来完成，不只是本村的人，还有四邻八乡的人赶集似的前来看电影。追得最紧、赶得最勤、跑得最快的当然要数孩子们。上学的孩子消息是最灵通的，哪个村子晚上要放电影，小伙伴们早就互相告知了，放学回来告诉家人，晚上大人不忙的情况下会带着孩子去邻村看电影，但更多时候是大孩子带着小一些的孩子结伴追赶着看电影。也有消息不准或别的原因未放成电影时，有意思的事就在路上悄悄发生了。前面去得早的人一看不放电影，就打道回府，在路上会遇到要去看电影的人，对话的内容就有意思了。后面要去的人会问："什么电影，是不好看就回来了？"回来的人回答："白跑路战争。"要去的人也不多想，乐呵呵地打过招呼就继续赶路。这样有趣的问答会循环一路。什么电影？计划改变。什么电影？摸黑行动。什么电影？前仆后继。等一拨又一拨人到了目的地，才回过神来，互相逗乐，但不会因自己上当而生气，善意的逗乐是个不错的主意，没看上电影权当锻炼身体。村子里第一次放电影时，全村人聚集碾麦场，隆重欢迎放电影。高兴和好奇的不光是孩子，还有老人，一位小脚婆婆的举动，可爱得如同孩子一般。大家看电影正入神时，婆婆颤巍巍地来到银幕旁，伸手去摸上面的人，吓坏了大家，也逗乐了大家。

　　碾麦场就像一张特大号的宣纸，舞文弄墨的是这块土地的主人。随着时间的推移，四季的交替，不同的人画出不一样的风景，变换的色彩渲染的是人们的幸福生活赋予它的丰富多彩的乡村韵味。麦子飘香的夏忙季节，大人们用浸满汗水的劳动身影勾画出一幅丰收喜悦图，画上有堆成小山的麦垛，身手敏捷的叔叔婶婶劳动的身影，荡在爷爷奶奶脸上丰收的喜悦，嗡嗡转圈碾麦子的电碌碡，铺满碾麦场的饱满的麦粒。颗粒归仓后，忙碌的身影退出了碾麦场，调皮可爱的孩子们登场亮相。他们是群天生的乐天派，编织童趣的设计师，也是涂鸦高手。用你踢我跑他跳的动态，好动、灵动、运动的背影勾画了一幅趣味盎然的儿童嬉戏图。夏夜的傍晚，他们会用静态绘出另一幅画面：天作幕来地为席，夏夜纳凉听故事。青蛙蟋蟀和唱曲，抬头数星探奥秘。

　　冬天的碾麦场同样也是欢腾的。当树叶落尽，虫儿匿迹，三季的繁华尽归于冬藏。当雪花飘飞大地银装素裹，碾麦场上一群孩子的闹腾显得格外热烈而奔放。此时的碾麦场摇身一变成了天然的雪上游乐场，放眼望去，孩子们个个忙得不亦乐乎。这边几个在堆雪人，那边几个在合力滚雪球，有坡度的地方被争着滑雪，场地角边的几个在忙着垒城堡，还有两队人马厮杀呐喊响彻田野，雪仗打得正酣。

　　碾麦场上，一年四季有说不完的喜悦和趣事。

酒与人生

酒是什么东西？它具有水一样的形状，火一样的性格，又像金子一样让人着迷。它能壮人的胆量，让人感受到欢乐，让人品出人情世故。行者武松喝酒壮了胆上景阳冈打了虎，为民除害；李白举杯邀明月激情豪放，斗酒诗百篇；宋太祖"释兵权"的治国之智，借酒实现。

酒是有感性的人间尤物，酒能表达人的感情。人生得意、人逢喜事精神爽时，它是欢乐的精灵；人生失意、心情不好愁眉不展时，它是精神的寄托和安抚。结婚生子的大喜事，可开怀畅饮借酒助兴；加薪升职的高兴事，酒让你感到努力就有收获的成就感；有朋自远方来，好友相聚推杯换盏表达友情。喝多了，也权当是一种释放，即便是走路打摆子，脚下画八字，说话直脖子，扶墙墙在走，看人人在跑，肚内翻江倒海，脑子一片空白，回家了蒙头大睡，一觉醒来，新的一天开始了，酒此时成了人生的调味剂。

这人间尤物，是谁发明的呢？小时候常见母亲农闲的冬季在家酿酒酿醋。酒是用玉米酿的，用酒曲发酵，盛在一个小一些的瓮里，放在火炕的一角慢慢发酵，发酵好了沥出酒液，与酒糟分离，稠酒就酿成功了。这是过年或谁家过红白事才能喝上的稀罕物，男女老幼都喜欢喝。醋是用柿子酿的，叫柿子醋。过程和酿酒一样，出醋时有些变化，把发酵好的醋糟放在一个罐底有小洞的瓦罐里，在小洞那放一节竹筒，醋就从竹筒流出来，滴到瓦盆里。小时淘气的我常常背着母亲偷偷挪走瓦盆，把醋直接淋在嘴里偷喝，要是让母亲撞见，小院里就会上演一出母女大战。往往是几经周旋，我趁机逃出街门，在外玩上半天工夫，回家就没事了。

后来，我知道了酒是杜康发明的，醋是杜康的儿子黑塔发明的。杜康发明用粮食酿造的酒，奠定了中国酒制造业的基础，被尊崇为酒圣、酒祖。因此，中国是世界酿酒最早的国家之一，是酒的故乡，酒文化的发源地。相传在舜时期，粮食多得吃不完，但人们没有喝的东西，舜就下令让杜康制造一种能喝的东西。杜康不负众望，经多次试验，掌握了用高粱发酵酿酒的技术。醋是杜康的儿子黑塔无意间发明的。黑塔觉得酿酒用过的酒糟扔了可惜，就存放在缸里，经二十一天的再次发酵，散发出的气味吸引了黑塔，他尝了一下酸甜兼顾，味道很好，就告知杜康并请教此物叫什么名字，杜康就取"二十一日"加酒的一半"酉"字命名为醋。从此人们生活中就有了醋的伴随。到了今天，醋让我们的美食更加美味无比。但酒就不一样了，酒既是人的朋友，有时也是人的敌人。

凡事皆须有度，如果不能自控，好事情也会变成坏事情，酒也是如此。如果你嗜酒如命，整天沉迷于灯红酒绿，不干正事，过着浑浑噩噩的日子，酒就会偷走你的理智，使你胆大妄为，不知天高地厚，断送你的前程；会偷走你的幸福，让夫妻吵架，孩子惧怕，家庭不和，温馨的港湾充满狂风暴雨；也会偷走一代天子的江山，以至于改朝换代，"酒池肉林"的创造者殷纣王整日与爱妃妲己在酒池肉林寻欢作乐不理朝政，一味追求享受安乐，酒池大得能划船，肉堆成山，过着极度奢侈的生活，哪管百姓流离失所，苦不堪言。使周武王伐纣，最终王朝灰飞烟灭。

匠人匠心

在 20 世纪六七十年代，我们村子以一条南北走向的沟为对称轴，东西坐落着住户，门和门隔沟相望。我不知道村里人以这样的方式住了多少辈，时间轮回了多少年；村中间的庙何时修建，我无从考证。

村民们大多依崖壁修建窑洞，条件好的修两面窑洞，再修起院墙和门楼形成独家小院，院墙是用黄土加麦草打垒起来的夯土墙。夯土墙用黏性好的黄土打成，厚重且耐风吹日晒雨淋，又经济实惠。打土墙是一门手艺，也是一项又苦又累的力气活，在村子里有专人负责。匠人干活不收工钱，主家管饭就行。他们用本事和勤劳给村人谋幸福，因此这些人很受大伙的尊敬和爱戴。他们的行当有一个好听的名字叫墙匠。墙匠还有一个本事，是用木质的模具把黄土制成土坯子，方言叫胡基，专门用来盘火炕、垒灶台和垒墙。与墙匠齐名的还有一个行当是木匠，木匠分盖房子匠人和制家具匠人。有时墙匠和木匠联手才能给村人盖瓦房。在村人眼里他们是有技术的手艺人，村子里的能人，化腐朽为神奇的神仙高人。

盖房子最能展现木匠手艺的是门和窗棂，它们的艺术灵魂是雕刻，用现在流行的话说是木雕。当时我年纪尚小，对这些木匠崇拜得五体投地。想不通他们一个个长得五大三粗，没有一点儿文人气息，一双双粗笨的满是老茧的手能雕刻出图案精美、惟妙惟肖的花鸟图案来，一双双扶犁握镰的手下能流淌出文化元素来，这让我对他们充满好奇。如有谁家盖房子，有时间我就追着去看，看匠人是怎么制作出漂亮的门和窗的。他们干活时神情严肃，动作井井有条不慌不忙，偶尔皱一下眉头思索，也是想把活干得更完美。那种专注、凝思、认真的状态，赋予庄稼汉另一种韵味，另一种魅力。

我们家也有机会请匠人来盖房子了。

我们家有两孔窑洞，母亲来到我们家时，家里没有院墙，看起来有些破旧。家中有五口人，老爷爷，老婆婆，爷爷，父亲和母亲。奶奶去世早，老婆婆年龄大了，没有女人料理家务，家似乎不像个家。母亲刚过门就挑起家里重担，当起里外一把手。白天下地干活挣工分，晚上点灯拆洗浆缝补。在母亲的努力下，家里干净整洁，炊烟袅袅，饭菜飘香，有了家的味道。等日子宽裕了些，母亲张罗着让人打了围墙，盖了小青瓦飞檐的门楼，形成独门小院。母亲在小院南边栽了几棵香椿树和一棵泡桐树，在刚进门楼的右边栽一棵石榴树。夏日里浓荫一片，石榴花火红，泡桐树上蝉声阵阵，小院飘荡着我们的打闹玩耍声。家里充满甜蜜的生活气息，空气里都弥漫着温馨。等我们渐渐长大，窑洞住得紧张了，母亲准备盖厦房。让我更高兴的是，匠人要来我家，我可以从头到尾看他们的制作手艺了。

匠人在黄土地上建造的是房子院墙火炕，但在人们的心中，建造的是父慈子孝的家风，是洒满孩子童年乐趣的阳光小院，是寒冷冬天里火炕上孩子们聆听爷爷或奶奶讲故事的灿烂笑容。当匠人忙碌于东家进西家出建房时，也在修建着人与人之间的情感；当匠人游走于村与村之间打土墙时，也在编织着淳朴的民风民意；当匠人把长了几十年的大树打造成人字形大梁时，希望在这房梁下成长起来的孩子未来也是社会的栋梁。匠人匠心，他们建造的不是简简单单的房屋，而是承载着关中人文的上层建筑，是温馨的家，是心灵的港湾，是民风淳朴、悠然自乐的民俗民生。

物资匮乏的日子，布比较紧缺，村民大多自己织布，过着自给自足的生活。母亲手巧，纺线、织布、浆染等都得心应手。母亲用织好的蓝布做被里子，给老爷爷、爷爷做棉袄、棉裤和棉鞋。冬日里，老爷爷穿着母亲给他新做的棉衣坐着小椅子晒太阳，吧嗒吧嗒吸着旱烟锅子与村人天南海北地闲聊。二婆说："九大，这衣裳暖和不？"老爷爷说："又轻又暖和，还合身呢。"桂花娘说："孙媳妇好不？"爷爷："又乖又能干，做饭还香。"说着站起来把烟锅子往腰里一别，展示衣服，满脸的皱纹绽得跟花似的。

母亲织的布又细又密，而且善于创新，敢为人先，把线的颜色多样化，由单色变成多色，把布织成竖条、花格子等图案，赢得了村子里妇女们的夸奖，纷纷前来学习。母亲当起了老师，给她们讲经纬线颜色的调配变化，怎么样才能织出花色图案，教她们用合适的布做衣服、床单、被子。村子里有墙匠、木匠、铁匠，不知道我母亲能不能称为布匠。

匠人匠心，他们的杰作储存着时光，绽放着智慧，编织着梦想，创造着美好。在贫穷的岁月，乡亲们互相帮扶着过日子，心和心是暖的近的纯的，真可谓有福同享有难同当。

167

第二辑　心之所向

庆华我想对你说

喜看今日新庆华，鲜花芬芳满园春。置身在庆华 5 月花儿的海洋，触摸庆华发展的点点滴滴，我的心情竟然有些无所适从。

五十年的庆华，见证了新中国的建设，饱经时代的沧桑，从艰难困苦中走来，几代人的风雨历程铺就了今天的阳光大道。历史造就了庆华铮铮铁骨，锻造了庆华在困难面前永不低头的精神，锤炼了庆华愈挫愈勇的品质。我们又怎能忘记那些拓荒者筚路蓝缕的岁月，怎能忘记建设者们步履蹒跚的身影，怎能忘记前辈们细细叮咛手把手教导我们的动人场景？

记得我五六岁的时候，因为爸爸在庆华厂工作，每到星期天爸爸回来时，都要给我们带些同龄人所羡慕的零食，这让我感到十分自豪，也让我对庆华产生一种特殊的情愫，常常在脑海中想象庆华的容颜，勾画庆华的模样。八岁那年，我刚上学没多久，为识得"庆华"两个字，左缠右磨地让哥哥教我识字。第二天上学，我在班里问同学认识这两个字不，同学摇头，我很得意地说："不认识吧，这是'庆华'两个字，我爸爸上班的地方。"那种神气十足的表情，至今想来依然历历在目。如今，置身于庆华园中，聆听庆华园花开的声音，细数庆华园的变化，看着人们上班时轻快而有力的步伐，心境渐渐地和庆华相融了。

庆华，多好听的名字！庆华，您就像一位母亲，平凡而又伟大。在这片土地上，您养育了庆华人。正是因为有了您的养育，五十年来一代代新人茁壮成长，庆华才得以创新发展，才得以与时俱进，才有了今天的成就与辉煌。您让我这个曾经刚进装配线的新员工，慢慢地进入自己的工作角色。技术从不懂到娴熟，心境由对新岗位的胆怯害怕转变为坦然面对，思想上对工作有了敬业精神和神圣的使命感，也让我逐渐养成吃苦耐劳、仔细谨慎、稳中求成的品格，使自己越来越坚强自信。庆华，您是人才的沃土，铺就了人才成长的道路，让许许多多敬业爱岗的好员工，为您奉献自己的力量。在大伙的共同努力下，您一天比一天更加美好，而我们自己也一天比一天更加优秀。

庆华，如果您是盆，我就是花；如果您是水，我就是鱼；如果您是大海，我就是那一朵朵浪花。庆华，我想对您说，您让我的理想插上了腾飞的翅膀，改变了我的人生航向。我愿意与您一起吐芳展艳，搏击风浪，共向美好未来。

森林与栋梁

为什么森林里有那么多高大、修长、挺直的树呢？那是因为它们生长在一起，是一个竞争的群体。在适者生存、劣者淘汰的自然规则下，为了吸收阳光雨露的滋养，它们都会奋力地向上生长，最终长成郁郁葱葱、生机盎然的样子，于是它们棵棵都会成为栋梁之材。而有些远离群体零零星星生长在灌木杂草中的树木，它们享受着优越的条件，反而长得又矮又弯不成形状，只能做柴薪，被人砍了煮饭，最后葬身火海，化成缕缕青烟。究其原因，只因它对自己放任自流，散漫无压力，失去了追求目标的动力。

一次和母亲聊天，涉及树的话题，母亲讲了从报纸上看到的牛玉琴种树的事迹，说了一句话："牛玉琴能在万亩荒漠里种树成林，防风固沙，首先她把自己当成了荒漠里的一棵树。"母亲说得对，牛玉琴是荒漠里会跑动的树，会思考的树，想生存的树。她具有树的抗争精神，这是她坚持几十年与恶劣的自然环境斗争的精神支柱。栽下的小树苗一次次被风吹倒，她一次次扶起重新栽好。小树如果不在贫瘠的沙地里挣扎着生存下来，它的宿命将止于一棵干瘪的小树，失去生命力，永远不能成长为一棵大树，一片森林。牛玉琴用不屈的身影向荒漠一次次播下希望的种子；勤劳地将它们浇灌，催生希望，渴望成功。她通过养鸡、养猪、种树来改变自家的生活，继而承包荒漠，大面积植树防风，改变植被，改变家乡鸡鸣沙村的生活。她吃了没文化的亏，所以为了让鸡鸣沙村的后辈有学上，她办小学，办中学；为了使鸡鸣沙村人的生活环境更好些，她引自来水入村，修公路。长年累月地在恶劣环境中植树，使她拥有了战无不胜的决心和斗志，如同戈壁滩的白杨，力争向上，奋力生长，终长成栋梁之材。

在植树的路上，牛玉琴一路跌跌撞撞地走来，路上的艰辛是你我想象不到的。伴着漫天沙尘，听着风儿低吼种下的小树苗，经过她几十年的精心培养，现已长成满眼绿色的树林。因贫穷和荒漠，她与树结缘，种树成了她一生的追求，树伴着她成长。她用敢斗、智斗、奋斗的精神与树同行，创造了人间奇迹，给十一万亩荒漠穿上绿衣裳，防风固沙，造福一方。其事迹令人深思，给人启迪。如果牛玉琴不在荒漠扎下根，与之斗一斗，她可能只是一位农村妇女，成不了种树英雄。贫困志更坚，逆境磨意志。经过困境的洗涤，千帆阅尽是灵魂的升华。荒漠困境这把磨刀石，把牛玉琴磨成了巾帼英雄，栋梁之材，人中翘楚。她是荒漠中生长的一棵参天大树，敢于挑战生命的极限。她的所作所为，不仅仅反映着人类求生存的强烈愿望，更体现着人类的探索精神，不屈的意志，决不回头的勇气和决心。

细细想来，人的成长就像森林里的树木一样，生存环境越艰苦，竞争力越强，越能造就人成材。在这样的环境下成长的许多中外杰出人物，他们的人格魅力同样令人尊敬。母亲经常对我们说，走过苦日子的人，对生活极其热爱。母亲对牛玉琴是发自肺腑的敬重和仰慕。

《史记》的作者司马迁因在朝堂上谏言，受政治牵连，被施了宫刑。这对一个官场上的人来说是身心俱辱。但他把个人的荣辱置之度外，在极其艰难的日子里，用二十年时间完成了不朽杰作《史记》，把一部史诗巨著留给后来人，也让自己的名字永留史册。美国的总统林肯，从小家境贫寒，一日三餐都难以保障，更谈不上读书识字。然而艰难的生活环境却造就了他一颗积极向上、乐观进取的心。没钱进学校读书，他就捡旧书本自学，在地上写字。在社会这个大森林里，无论遭遇怎样的环境，他始终志向远大，坚持勤奋学习，苦心钻研，努力成长为受人爱戴令人敬仰的总统。我想到母亲常说的一句鼓励的话：能吃苦中苦，方为人上人。出身说明不了什么，通过努力，让自己越来越好才是人的价值所在。

现实生活中，人离不开在学校、单位、社会这些群体中的历练，就像一棵棵高大挺拔的树不能远离森林一样。生活中，我们每个人都应该把自己看成森林中的一棵树，迎接艰苦环境的洗礼，把自己打造成对社会有用的人。

祝福平安

　　每个人都希望自己的家人、亲戚、朋友平安幸福，那么平安幸福是什么呢？也许，一百个人有一百种回答。我认为平安幸福就是身体健康，平安幸福就是工作顺利，平安幸福就是儿孙满堂，家人和睦。一月平安是小安，一年平安是福安，一生平安才是真正的健康平安。但人的一生不可能是一帆风顺的，那样的生活是不现实的。人来到世间的那一刻，就伴随这样那样的烦恼，生活中不如意的事时常有之。顺境与逆境的经历，丰富了我们的情感世界，让我们的人格得以修行，更让我们的生活多些情趣与色彩。

　　今年的春节，对我家来说有些特别，母亲因心脏不好住进医院。大年初一我在医院陪母亲打点滴，本打算打完针带母亲回家过年，但和医生沟通时被批评了。医生要求母亲卧床休息静养，不许来回走动奔波，好让心脏恢复正常指数。母亲的病一到冬天就难熬，最怕感冒引起心脏负担加重。最痛苦的是，母亲有时晚上平躺气短，呼吸不畅，只能趴在床上匀匀气，当然也休息不好。我知道母亲的身体是为照顾我们而累垮的。每次看到母亲难受，我也很着急，但自己却帮不到点子上，瞎忙活。母亲看到我们为她的病着急，还安慰我们说：病来如山倒，病去如抽丝，要沉住气耐着性子等待，急是没有用的。我思量，母亲的话是有些道理，应该先让自己静静心，去去烦躁情绪，否则自己都乱了阵脚，如何照顾好母亲呢？自己应静下心和母亲聊聊天，说些让母亲高兴的事，心情一好，也许病痛就减轻些。

酸甜苦辣是人生必备的调味品，因此注定了人生要品尝各种各样的痛苦。身处逆境时，我们要耐住性子，开启智慧的大脑，拿出战胜困难的勇气，使一次次遭际"化险为夷"，用乐观的心态点亮前行的路。

人生旅途，充满坎坷，但谁都希望平平安安过日子、干事业，都以自己的生活方式奔波着，奋斗着。可是朋友你想过没有，再远大的理想、再宏伟的人生目标、再辉煌的前程，都要以健康平安为基石才可以实现。健康平安如同存单上的首位数字，占据人生的重要位置，如果有一天这个数字没了，后面再多的零都形同虚设，毫无意义。在此我要奉劝那些贪烟贪酒的人，少喝一杯酒，少抽一根烟；奉劝那些作息时间不规律的年轻人，年轻不是资本，要对自己的身体负责任，别到晚年时再后悔，有了健康的身体，才有能力去照顾你爱的人；奉劝那些因工作忙很少陪伴父母的人，放放手头的工作，趁父母能走动时带出去走一走，尽一尽为人子女的本分，毕竟时间匆匆不等人，别做让自己后悔的事。

母亲的身体在年轻时因抚育我们而劳累透支，现在年纪大了，健康状况走下坡路，身体越来越差，现在唯一的方法是保养身体，少操劳。但母亲劳碌一辈子，已闲不下来，我只能祈求病痛对母亲温柔些再温柔些，让母亲晚年少些痛苦，多些快乐，平安幸福地安度余生。

　　我们可以没有万贯财产，可以没有高官厚禄，可以没有车子房子票子，但必须拥有健康的身体，享受平安幸福的生活。我祝愿天下所有人，岁岁年年都健康平安幸福常乐。

节能环保人人有责

下班吃过饭收拾好厨房后，没什么事就和母亲聊天。母亲给我讲了一个人——陕北治沙"女愚公"牛玉琴。讲述时，母亲脸上写满了对牛玉琴的崇拜之情。一个女人要干点事不易，需要付出常人无法想象的勇气去克服困难，才能有所作为。其实母亲也是一个能干之人，她从牛玉琴身上看到了自己的影子，真心为牛玉琴骄傲和自豪。这两天我想写一篇关于环保的文章，苦于没有方向，未曾落笔，今天是母亲点醒了我。

试想一下，假如没有干净的水可用，黑夜里没有电照明，没有可用的能源，汽车火车等运输工具罢工了，我们的生活会变成什么样子呢？穿越宋唐，回到秦汉吗？

水是我们的生命之源，是地球上我们赖以生存的宝贵资源之一。口渴难耐时畅饮一杯甘甜的水，人瞬间神清气爽，好不痛快；久旱的禾苗经雨水的滋润顿时生机勃勃，竞相拔节生长，所有的生灵因水的滋润才有了生命的鲜活。当我们用上自来水时，不要忘了我国许多地区的人们连基础的生活用水都无法保障。因为缺水，他们的生活失去了光彩，变得苦难而酸涩。在陕西榆林地区便有这样的村庄，他们要从很远的地方驮水回来，存起来精打细算地用。如遇下雨下雪天，吃水就更难了。知道许多人为吃水发愁时，你还忍心浪费水吗？生命如水，我们要像珍惜自己的生命一样，珍惜每一滴水。

近几年沙漠的面积不断扩大，沙进人退，我们的家园在逐渐缩小。植树造林，恢复生态，锁住风沙，减轻自然灾害，让人类与自然和谐相处，治理环境拯救我们的家园，是刻不容缓的事情。在陕北地区就有一位"治沙女愚公"牛玉琴，向沙漠发出了挑战书，迈出了治沙的艰难之路。从1985年起，她开始在位于毛乌素沙漠边缘的靖边县治沙，历尽千辛万苦，花费20年时间，种植树木1800万棵，让11万亩茫茫荒漠林草覆盖率达百分之八十以上。如果每棵树间隔1米，可以排地球半个圈。她毕生的心愿就是让毛乌素沙漠成为绿洲，变得鸟语花香。女愚公的事迹感动着我们，启示我们保护自然环境，坚持可持续发展是生活在地球上每一个人义不容辞的责任。

让我们肩并肩，手牵手，爱护植被，多植树木，保护动物，节约能源，低碳生活，恢复自然生态平衡，为建设绿色家园贡献自己的一份力量。也许我们不能完成像牛妈妈那样的大工程，但可以从我们身边的小事做起，着手生活，立足岗位，节能减排，减本增效。在日常生活中，自觉减少使用塑料制品，尤其是塑料袋子，因为它所形成的白色垃圾，会对环境造成极大的污染。合理节约用水，随手关水关电，做好家庭垃圾的分类。现在生活好了衣服多了，但还是要倡导节俭，减少不必要的浪费，因为织布成衣的过程中，染料对水和土壤污染较大。在单位，在生产岗位上，节约一根导线、一尺纱布、一双手套、一瓶溶剂、一度电等生产材料。正确及时地处理废弃化学试剂、药剂等物品，减少对环境的二次污染。不要小看这点滴的节约，日积月累起来就是一笔不小的财富。财富在不知不觉中被创造，我们何乐而不为呢？产品研制的前沿单位在新品研发过程中，应从产品图纸绘制、工艺设计、技术设计、操作流程的设计等环节就要考虑材料的节能环保性。在确保技术指标、安全环保、工业健康的前提下，减少对人体的危害和对生产环境的污染。通过每个细小环节的逐步改善，以实现新品的优化设计，使产品从设计到生产线达到节能减耗，增效环保。心牵减排，情系环保，我们所做的一切，目的都是减少对地球的伤害。

我们只有一个地球，地球是目前我们人类生存于浩瀚宇宙中唯一的居住地，我们是地球的主人，保护这个蓝色星球是我们义不容辞的责任。人们曾经因无知，做了许多伤害地球的事，曾经的青山不见了，绿水消失了，良田变成荒漠，雾霾笼罩在城市的上空久久不散。地球被我们折腾得生病了，这时人们才意识到地球对人类的重要性，想要挽救生病的地球。于是人们开始行动，采取一系列的科学举措来治理地球，守护地球。国家明确提出防治污染、节能减排、降耗增效的目标，目前已颁布了9部环境保护法，5部自然资源管理法，50多项环境保护行政法规。在这些法律法规的指引下，我们每个人都要改变自己的生活方式、消费理念和行为举止，为保护地球、守护好我们的家园贡献自己的一份力量。

沐浴阳光

阳春三月我们踏青去。我们从室内走向室外，走进阳光里，感受大自然的恩赐，吸纳春的气息。先吐尽冬日的沉闷与冷清，然后倾听鸟儿的欢叫，山泉的叮咚，感受大自然的韵律，感受春天里空气的沁人心脾，感受生命的复苏与舞动。在明媚的春光里，我的心被熏得蠢蠢欲动，好想在阳光下晒一晒，好想把母亲带到郊外走一走，看一看，闻一闻春的气息。儿子听到要出去玩，说妈妈我想看火车，想很久了。

在一个阳光极好的星期天，我带着儿子和母亲来到郊外的灞水之滨。河边已是柳枝婆娑，天高云淡，河水潋潋，鸟儿欢叫，目光触及的景色已让人心情舒畅了。儿子还唱起在幼儿园刚学的儿歌："柳树姑娘，辫子长长，风儿一吹，沙沙作响；柳树姑娘，辫子长长，倒映水中，碧波荡漾。"母亲听儿子唱歌，脸上也荡出了灿烂的笑容，夸儿子又学新知识了。

找一块向阳的坡地，沐浴在阳光里。用眼去寻找春天里色彩斑斓的花儿世界，用脸去感受春风拂面的惬意，用皮肤去感受太阳赐予的温度。令人兴奋的是我们发现了新大陆，一片片桃林相连，桃花怒放，开得正艳。我们追赶着春的脚步，来到桃花旁，嗅一嗅春天的花香，留一片花瓣在脑海里。

儿子高兴地在桃林里跳跃，快乐得像只小鹿蹦东蹦西，开心得早把想看火车的事忘到九霄云外了。母亲也随着孩子闹腾而高兴得像个孩子，可惜，当时没有照相机捕捉到这令人心醉的时刻。让母亲出来走走，散散心，沐浴在春天的阳光里，看看蓝天白云，听听鸟儿欢鸣，水声潺潺，把那些忧愁啊烦恼啊统统抛在脑后，让风儿吹得远远的。能让母亲高兴快乐，我也从心底里高兴。眼看太阳偏西了，母亲也有些累了，我让儿子回家，儿子却玩得乐不思蜀。

此后，我明白了假如你不快乐、不顺心，不妨走出房间到大自然中去。借助大自然的力量，把密布心灵的雾霾洗涤、清除，让心里充满阳光，让自己充满能量，满血复活，迎接美好的新一天。

这次郊游，让我心里有了新计划，等五一放假带母亲去南五台或翠华山玩玩，让母亲多亲近大自然，换一换环境，放松心情。计划不如变化快，五一计划未能实现，到7月底才带母亲去了高冠瀑布消暑。当人刚走进山口，热浪立马就被挡在山外面，皮肤一下子感觉到温度降低了，燥热感没了。这儿树木郁郁葱葱，凉风习习，泉水清冽，空气清新，幽静安逸，让人感到惬意、舒服极了，是个避暑的好地方。母亲很是高兴，说这地方好啊。那一股清澈见底的山泉让人心旷神怡，使人想坐下来与之亲近。走了一阵后，母亲有些累了，我就索性脱了鞋子，和母亲坐在一块大石头上，把双脚放在水里。就这样静静地坐坐，看那人来人往，听听水声，听听鸟鸣，也听听自己的心声。看到母亲如此有兴致，脸上流露出孩童般的喜悦，我感到很是惭愧。母亲为我们家、为我们操碎了心，心情恐怕从未放松过，以至于压力过大而心脏不好。成年后的我被烦琐的家务事纠缠，未曾想到带母亲出来走一走，换换心情，缓缓压力，调理一下心境，把那些烦人的事在阳光下晒晒，让母亲多些快乐，少些惆怅。

人生不如意之事十之八九，可与人言并无二三，问题在于个人怎样面对不顺和逆境。当人力不能改变时，就面对现实，与其怨天尤人，徒增烦恼，不如随遇而安，因势利导。有句话说得好："掬水月在手。"苍天的月亮太高，凡尘的力量难以企及，但开启智慧，掬一捧水在手，月亮美丽的脸就会笑在掌心。人不管贫穷与富贵，逆境与顺境，都要学会拥有快乐的心情，那比拥有百万家产更有福气。只要我们在心中点燃勇于面对生活的希望，就能用愉快的心情迎接明天的太阳。此行，使我的心里豁然开朗。母亲的心脏病医治好的希望是渺茫的，但是以后多做些让母亲高兴的事是可以的。做些让母亲放松心情的趣事，多带母亲到大自然中去放飞心情，汲取大自然的力量，能让母亲的心里充满阳光，充满快乐。

丹心之爱

20 世纪 90 年代末，随着国家改革开放、经济搞活的大环境影响，工厂里风起云涌，转岗下海成了当时人们嘴里的关键词语。厂子里人心浮动，不安于搞生产。

一天晚上，三哥说不想在厂里干了，想到外面去闯荡。母亲听了沉思一会儿说："咱家要感谢庆华厂，感谢你爸的坚持，因为他，咱家才能从农村来到城市，要知道感恩，在厂里安下心好好干。外面再好，也是要摸着石头慢慢过河，这山看着那山高，跟猴子掰苞谷似的，那成不了事情。"母亲的话也有几分道理。回想爸的工作经历，是有那么一年，村里在外的许多人都回家不干了。爸本来在西安实验小学后勤部工作，之后辗转来到庆华谋生，当时初建厂房。我进厂之后，爸还常常给我讲建厂的许多趣事。

20 世纪 50 年代初，一群怀着挚爱情感和无限向往的热血青年从祖国的四面八方、天南海北来到庆华，他们为同一个梦想而来，那就是建设新中国的兵工事业。爸给我说当时工厂选址时，一位将军带着人，开着吉普车到西北地区选厂址。转悠了好多天也没看上合适的地方，一天转到灞水之滨、骊山脚下时相中了这块地方，确定了厂址。厂址无意中与关中人看宅子的风水学相吻合，面朝灞水，背靠骊山。让我们

185

穿越时空隧道，打开记忆的闸门：第一任老厂长带领大伙在庆华这片热土上播下希望的种子，植下棵棵小槐树，留下一串串奋斗的足迹。庆华的员工上班靠走路，干活凭手工，环境虽艰苦，干劲却很足。一幕幕感人的画面历历在目，一个个动人的故事催人泪下，一组组数字被刷新，梦想也在创造中得以实现。

经过几代庆华人的建设，经历风风雨雨一路闯关走来的庆华，早已改变了模样，展现给大家的是文明、安康、和谐的新面貌。生产区窗明几净，环境幽雅，绿树红花，不断改进的科学管理模式，精英人才的培养和储备，因技术革新而新增的自动化生产线，使生产能力和企业效益上升到一个新台阶。庆华自主研发的产品遍布全国各地，有的产品已迈出国门，走向世界。庆华社区内的自娱班红红火火，员工家属茶余饭后文娱活动的主题，更多是在传颂企业文化，谈论的话题也是关于庆华的发展和个人未来的畅想。个人的成长与企业的发展息息相关，个人的成长依靠企业这个平台，在企业中得到培养、学习、锻炼，提升了自己的综合能力；而企业的发展靠的是人才，有了人才，有了竞争，企业才有了持续发展的动力源泉。

庆华是我们的第二故乡，是母亲五十岁时带我们安的新家，是我们梦想落脚的地方，也是我们人生新的出发地。作为庆华这个大家庭中的一分子，我们将秉承丹心之爱，以人为本，与时俱进，为庆华的繁荣续写新篇章。

美丽庆华我的家

　　正月十五晚上看完厂里放烟花，几个人信步来到公司大门口。夜幕下的庆华更加魅力无比，光芒四射。

　　门楼上彩旗飘飘，红灯高悬。四个灯八面旗的吉祥数字，寓意庆华公司的业务网伸向四面八方，威名远扬。门口花园里彩灯闪闪烁烁，流光溢彩，特别好看。围墙上也被无数小灯和红灯笼装扮得非常漂亮，与彩灯交相辉映，相互衬托，景色妙不可言，吸引了不少人驻足观赏，流连忘返。正月十五元宵节，是灯的世界。夜幕下的庆华灯光闪烁，人头攒动，树影摇曳，形成一道亮丽的风景。庆华变得如此美丽，令人赞叹不已。我同母亲站在门口，向厂里张望，只见庆华大道两旁明灯高照，静谧中散发着活力；路两边四季青修剪整齐，伸向工厂深处；棵棵针叶松亭亭站立，犹如夜幕下守护庆华的卫士。母亲说厂里这几年变化可真大，比咱家刚来时气派多了。

　　母亲的话引起了我的思索。刚从农村来到城市生活，母亲为了挣一份生活费，在厂办公楼谋了一份打扫卫生的工作，楼上楼下跑了四年。不知不觉间我上班快十年了。十年，不过是几度春秋几场飘雪罢了，但足以让青丝变白发，沧海变桑田。十年，说起来短暂，实则漫长。十年，我亲眼见证了工厂的改革发展变化，经历了许多事情，也让我不断学习进步。为了能追赶上时代的步伐，不当落伍者，夜晚，厂教育中心灯火通明，劳作了一天的我又迈进教室，抓紧时间给自己充电，在知识的殿堂里遨游。人才是企业发展的法宝，人才的竞争促进了企业的一系列改革。以人为本，创建学习型企业，提高员工的综合素质。学则进步，不学则退。人生有涯，知识无涯。活到老，学到老的道理尽人皆知。只有这样才能跟紧时代前进的列车，才能在自己的工作岗位上不辱使命，有所作为，不负韶华。

清晨，迎着朝霞走进公司，脚步里写满自信。勤劳智慧的庆华儿女团结一致，用自己的双手共绘庆华发展腾飞的宏伟蓝图，可喜的是环境美化建设已具规模。春天，当你走进庆华，看到的是，路旁绿草成茵，花儿簇簇，蝶舞蜂飞；扑鼻而来的花香让人心情舒畅，精神振奋，人仿佛走进了花园小区。路边企业宣传牌上的"外树形象，内求团结"企业理念深得人心，"以人为本，创新发展，与时俱进"是无数庆华有志之士为庆华的发展腾飞而努力拼搏的真实写照。

如今的庆华，外部形象美了，内部机制强了，员工干劲更大了，庆华以崭新的面貌出现在众人面前。与时俱进，庆华经过锐意改革，取得可喜的成绩。但庆华人创新发展的步伐不会停止，居安思危，全体员工斗志昂扬，不辱使命，万众一心，把美丽的庆华我们的家园建设得更加美丽强盛。

给母亲的一封信

亲爱的妈妈：

您好吗？

这是我四十多年来第一次给您写信，虽然您无法看到，但我还是要用心去写。您的一生用勤劳耕耘，用坚强书写，用奉献诠释，用善良把爱心传递，您是我最尊敬最爱戴的人。

您十六岁来到咱们家，爸爸在外上班，奶奶早逝，您侍奉三个老人，扛起了家庭的责任。白天下地干活挣工分，晚上织布纺线做衣服，把家里打理得干净整洁，使原本冷清的家变得温馨。您做的棉鞋深受老爷爷喜欢，做的外衣得到老奶奶的夸奖，做的饭菜获得爷爷的称赞。

由于您聪明能干又识字，被选为村里的妇女主任，组织妇女扫盲班，教妇女织彩色的布。您也很善良，每次门口来了逃荒讨饭的人，尽管自家口粮很紧张，您还是会给他们馍馍吃，而不是叫人吃闭门羹，逢饭点您还会给他们一碗热饭，让他们吃得舒服些。家里的笑声多了，充满生机与温馨，引来邻人羡慕的目光。自从我们几个来到咱家，您肩上的担子更重了。您扶我们学走路，教会我们做人做事的道理，让我们学会遇到困难如何去面对，让我们懂得每个人的一生必须要承担责任。在您的教导下，生活中我们兄妹几人都自立、

189

自强、自尊、自爱，懂得分担您的压力，在生活中做您的小助手，从小学做事情，接受生活的历练。转眼间，三位老人在您的照顾下安度晚年先后离世，大哥二哥相继成家，您也是早生华发。

您年过半百时，享受到党的好政策。1990年我们家从农村迁到城市，您白手安家，暂居单身宿舍，一家人开始适应城市的生活。为了生活，您谋了一份打扫卫生的工作，起早贪黑，楼上楼下地跑，这对您的心脏病来说是不利的。我和三哥也找了一份临时工作，我们的工作时刻牵动着您的心，我们高兴您也乐和，我们愁眉不展您也唉声叹气。1992年厂里给咱家分房子，要交3000块钱，咱家孩子多、无积蓄，钱未凑齐，爸爸急得眼睛都熬红了，您一夜间头发又白了许多。

每天变换的饭菜里，一汤一菜都饱含您对我们满满的爱。您擀的手工面条筋道，烙的煎饼香软，蒸的馒头散发着麦香。我习惯了您做的饭菜，自己不曾认真学习做饭，以至于在您生病的日子，我做不出让您吃得可口的饭菜。此时我才发现，自己手无长技，不及您的万分之一。原来这个家里都是您在为我们负重前行啊！您给予我们很多很多，我们回报您的却很少很少。子欲养而亲不待，自从您离我们而去，长久以来我心里对您的愧疚一直不能释怀。在您生病的日子，晚上我还把工作带回家，为整理分厂史而忙得焦头烂额，没能陪您聊聊天，也没能好好地照顾您，总想着忙过这段时间就好了，谁知您和我却阴阳两隔。

您是天上群星中的一颗，在我们头顶正不眨眼地看着我们的一举一动，把彼此的牵挂扯在天地之间。母亲您听我说：在您的世界里，您想吃什么就吃什么，想买什么就买什么，不要老想着别人，委屈自己，放下牵挂，为自己精彩地活一回。我们一切都好，勿挂念。我写不出华丽的辞藻、感人的词句，只能让平凡的文字流露出最真挚的感情，正如您的爱平凡而伟大。母亲我爱您，永远有多远，我对您的爱就有多远。

在母亲节来临之际，公司女工部倡导女工给自己的家人写封信或晒一晒以前写过的信，可以是母亲写给孩子的、婆媳之间互写的，也可以是写给丈夫的，说说平时不好沟通的话题，以此来增进彼此间的感情，解决家庭矛盾。我从来都没有对您表达过敬重和爱戴，直到您离开，去了另一个世界，已经七年了。我有一个强烈的愿望在心里萌芽，想要给您写封信，说说心里话。

母亲，您虽消散于世间，却永存我心里。待花开时，我去您坟前念此信给您听。

您的女儿：阎瑞丽

2014 年 5 月 6 日